フォーランドの森

ルーミルと希望の結晶

上巻

文・絵　リーフ・ブラウン

奨学社文庫

いろんな冒険《ぼうけん》がお父《とう》さんを大《おお》きく育《そだ》てたのなら、
そろそろ僕《ぼく》も、旅立《たびだ》たなきゃいけないと思《おも》うんだ。

【目次《もくじ》】

中巻につづく

冒険の仲間たち

フォーランドの森《もり》に住《す》む この物語《ものがたり》の冒険《ぼうけん》の仲間《なかま》を紹介《しょうかい》するよ

うさぎの ルーミルくん 主人公《しゅじんこう》だよ

うさぎの フランちゃん
お料理好《りょうりず》きで かけっこが得意《とくい》なんだ

穴《あな》堀《ほ》りモグラの キーファくん
発明好《はつめいず》きなんだよ

グリズリーベアの バーリーちゃん
オシャレが大好《だいす》きなんだけど
いつもダイエットしているよ

ルーミルと希望《きぼう》の結晶《けっしょう》　上巻

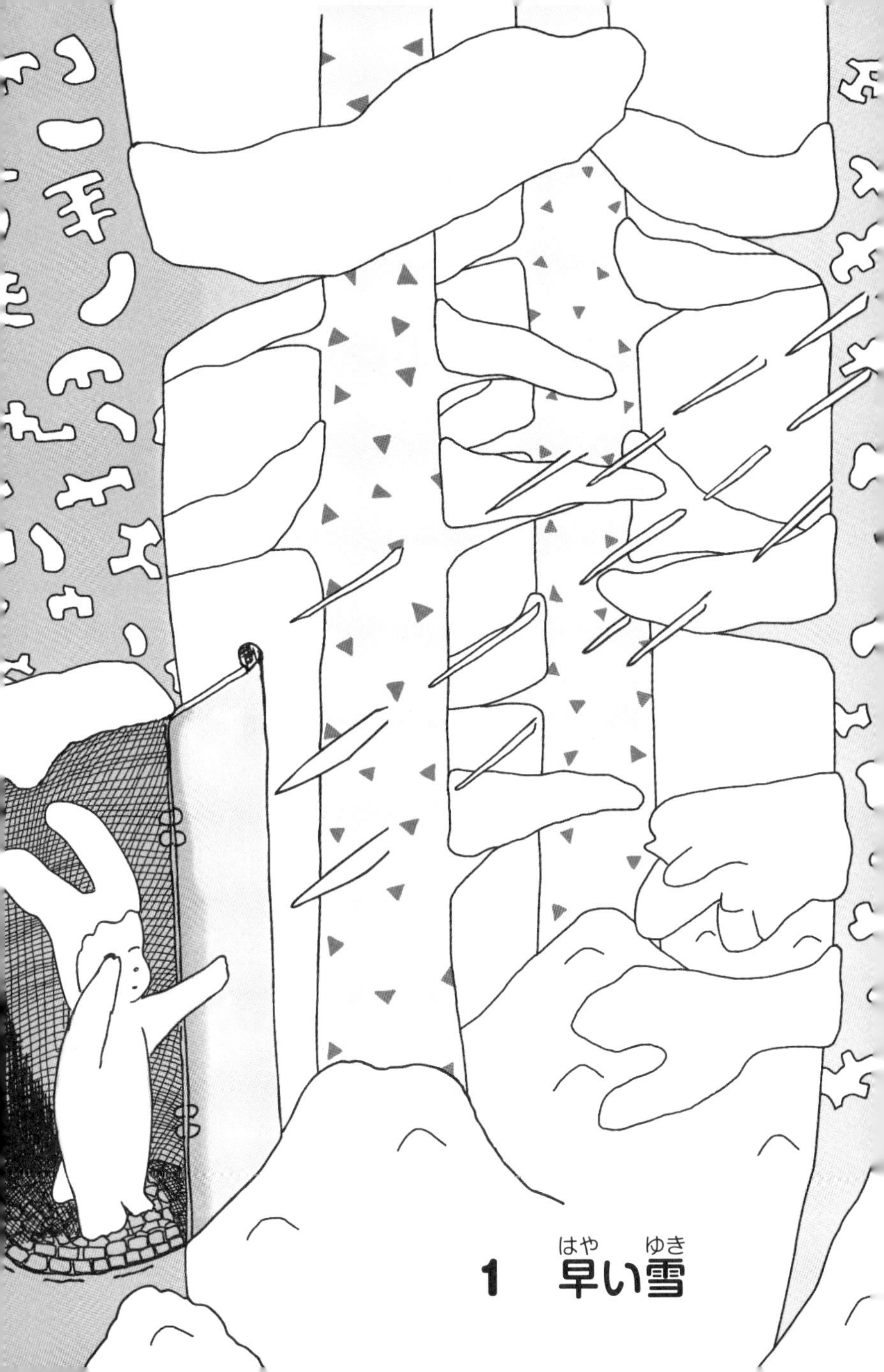

1　早《はや》い雪《ゆき》

朝《あさ》、目《め》が覚《さ》めて、コルクガシの木《き》の皮《かわ》を重《かさ》ねて作《つく》ったふかふかのベッドから出《で》ると、うさぎのルーミルくんは、体《からだ》をぶるっとふるわせました。丸《まる》テーブルの上《うえ》に目《め》をやると、昨夜《さくや》眠《ねむ》る前《まえ》に置《お》いたクルミのスープが、すっかり冷《ひ》えきってしまっています。

こはく色《いろ》のハニーストーンでできた床《ゆか》は冷《つめ》たく、とってもひんやりとしています。真冬《まふゆ》になる前《まえ》に寒《さむ》さ対策《たいさく》として、この上《うえ》に落《お》ち葉《ば》をたっぷりと敷《し》きつめる予定《よてい》です。しかし秋《あき》が終《お》わったばかりだったので、まだ取《と》りかかっていませんでした。

「それにしても今日《きょう》は、いつもより格段《かくだん》に寒《さむ》いぞ……。」

ルーミルくんは、改《あらた》めてそう感《かん》じました。

ふいに外《そと》がいつも以上《いじょう》に明《あか》るいような気《き》がして、ルーミルくんは、部屋《へや》の扉《とびら》を開《あ》けました。まだぼんやりとしている頭《あたま》を覚《さ》ますには十分《じゅうぶん》過《す》ぎるほどの冷《つめ》たい風《かぜ》が、ルーミルくんめがけて吹《ふ》いてきたので、とっさに目《め》をつぶってしまいました。

次《つぎ》に目《め》を開《あ》けて飛《と》び込《こ》んできた景色《けしき》は、昨日《きのう》までとはまったく違《ちが》うものでした。落《お》ち葉《ば》で覆《おお》われていた地面《じめん》は、すっかり真《ま》っ白《しろ》な雪《ゆき》で包《つつ》み込《こ》まれています。

雪《ゆき》が包《つつ》み込《こ》んでいるのは、なにも地面《じめん》だけではありません。森中《もりじゅう》を夜《よる》の間《あいだ》に包《つつ》み込《こ》んだようで、辺《あた》り一面《いちめん》に生《は》えているモミの木《き》や樫《かし》の木《き》そしてクルミの木《き》といった木々《きぎ》の枝《えだ》の上《うえ》にも、雪《ゆき》はもれなくどっさりと積《つ》もっています。真上《まうえ》に目《め》をやると、扉《とびら》の上《うえ》に積《つ》もっていた雪《ゆき》の固《かた》まりが、ルーミルくんめがけて、今《いま》にも落《お》ちて来《き》そうです。

外《そと》がいつもよりずいぶんと明《あか》るく感《かん》じたのは、積《つ》もった雪《ゆき》が朝日《あさひ》に照《て》らされて、キラキラと輝《かがや》いていたからだったのです。

あちらこちらで、木々《きぎ》の幹《みき》にできた小《ちい》さな穴《あな》から、起《お》きたばかりのリスさんたちが、まぶしそうに顔《かお》を出《だ》しています。

「やぁ、おはよう、ルーミルくん。昨夜《さくや》冷《ひ》えるなと思《おも》っていたら、これだよ。」

朝《あさ》の散歩《さんぽ》を日課《にっか》にしている、皮肉《ひにく》ばかり言《い》うキツネのポーネルさんがやって来《き》ました。

自慢《じまん》のふさふさしたしっぽを、いつも以上《いじょう》に左右《さゆう》に揺《ゆ》らしています。

ポーネルさんは、雪《ゆき》で困《こま》ったなという素振《そぶ》りをしたいのですが、どうやっても雪《ゆき》でうきうきしてしまうようです。

「おはようございます、ポーネルさん。もう雪《ゆき》の季節《きせつ》でしたっけ……。去年《きょねん》よりずいぶんと早《はや》い気《き》がしますけど。」

おかしくてルーミルくんは吹《ふ》き出《だ》しそうですが、なんとか我慢《がまん》しました。

「そうだね。あきらかに、いつもより三週間《さんしゅうかん》ほど早《はや》いね。こんな年《とし》は久《ひさ》しぶりだなぁ。ところで、マーブレンさんの具合《ぐあい》は、どうだい？元気《げんき》そうかい。」ポーネルさんがききました。

ルーミルくんのお母《かあ》さんのマーブレンさんは、病気《びょうき》のため、フォーランドの森《もり》のずっと南《みなみ》にあり年中《ねんじゅう》暖《あたた》かいポゴポゴ療養所《りょうようじょ》という場所《ばしょ》で、離《はな》れて暮《く》らしています。

お父《とう》さんのブレーさんは、ルーミルくんが幼《おさな》い時《とき》に冒険《ぼうけん》に行《い》ったきり行方《ゆくえ》が分《わ》からなくなってしまい、今《いま》は一人《ひとり》ぼっちで生活《せいかつ》しています。

「ええ、ポーネルさん。

先日《せんじつ》、ポゴポゴ療養所《りょうようじょ》に行《い》って、お母《かあ》さんに会《あ》ってきました。

顔色《かおいろ》もとても良《よ》くて、大分《だいぶ》良《よ》くなってきているとお医者《いしゃ》さんも言《い》っていました。」

ポゴポゴ療養所《りょうようじょ》に行《い》った帰《かえ》り道《みち》が大雨《おおあめ》で大変《たいへん》だったことを思《おも》い出《だ》し、ついこの前《まえ》までは雪《ゆき》じゃなく雨《あめ》だったのになぁと考《かんが》えながら、ルーミルくんは答《こた》えました。

「そうかそうか、うむ。そりゃ良《よ》かった。

ルーミルくんは、今一人《いまひとり》で暮《く》らしとるから、教《おし》えておいてあげよう。

君《きみ》はまだ若《わか》いから知《し》らんだろうが、こんな風《ふう》に早《はや》く雪《ゆき》が積《つ》もった年《とし》は、冬本番《ふゆほんばん》になると、いつもより雪《ゆき》の量《りょう》が多《おお》くなるんだよ。

さてさて、これからの準備《じゅんび》が大変《たいへん》だよ。

子供《こども》の頃《ころ》と違《ちが》って大人《おとな》になると、雪《ゆき》を見《み》ても、ちっとも嬉《うれ》しい気持《きも》ちになれないよ。

まぁ君《きみ》は『森《もり》のユウ』たるブレーさんの息子《むすこ》なんだから、他《ほか》の子供《こども》たちとは違《ちが》うのかもね。血筋《ちすじ》から考《かんが》えると……、雪《ゆき》を見《み》ても単《たん》にうきうき嬉《うれ》しくなるだけじゃなく、何《なに》か森《もり》のためになるような素晴《すば》らしいことを思《おも》いつくのかもしれないけどね……。

まぁ……、どうせ思《おも》いつくんなら、早《はや》いとこ思《おも》いついとくれ。

こちらにも準備《じゅんび》の都合《つごう》ってもんがあるからね……。」

ぶつぶつ言《い》いながら、ポーネルさんは去《さ》って行《い》きました。

辺《あた》りにたくさん生《は》えているモミの木々《きぎ》の枝《えだ》には、どっしりとまとわりつくように雪《ゆき》がくっついていますが、それらの間《あいだ》から、見事《みごと》な青空《あおぞら》がのぞいています。昨夜《さくや》にこんなに雪《ゆき》を降《ふ》らせたことなんて、まったく知《し》らないよというような素振《そぶ》りの空《そら》です。

グギュ～グギュグ～。

ルーミルくんは、とうとうおなかが空《す》いてたまらなくなり、扉《とびら》を閉《し》めて、朝《あさ》ごはんにすることにしました。

青空《あおぞら》と雪景色《ゆきげしき》を見《み》ていたら、ふっと面白《おもしろ》いアイデアが浮《う》かびかけた気《き》がしましたが、食欲《しょくよく》ですっかり消《け》し飛《と》んでしまいました。

「血筋《ちすじ》がどうとかこうとかよく言《い》われるけれど、みんなが思《おも》っているほど、僕《ぼく》はお父《とう》さんの血《ち》を受《う》け継《つ》いでいるわけではないと思《おも》うな……。今《いま》だって、せっかく浮《う》かびかけた面白《おもしろ》そうなアイデアを、すぐに忘《わす》れちやうぐらいだし……。

とは言《い》っても、こればっかりは、しょうがないよね。

だって、朝《あさ》ごはんは、一日《いちにち》の始《はじ》まりに欠《か》かせない、とても重要《じゅうよう》なものだから。うんうん。」

独《ひと》り言《ごと》を言《い》いながら、朝《あさ》ごはんの用意《ようい》を始《はじ》めました。ルーミルくんは、ごはんの時間《じかん》を、他《ほか》のたいていの用事《ようじ》よりも、とても大切《たいせつ》にします。

作《つく》ったばかりのハチミツドングリをほおばりながら、ポーネルさんの言葉《ことば》を思《おも》い出《だ》していました。

準備《じゅんび》が大変《たいへん》って、どういうことだろう……。

いつもの年《とし》と、何《なに》が違《ちが》うんだろう……。

ルーミルくんは、この時期《じき》にこんなにたくさんの雪《ゆき》が積《つ》もったことを、これまで経験《けいけん》したことがありません。いつになく早《はや》くに雪《ゆき》が積《つ》もったこの日《ひ》が、後《のち》にフォーランドの森《もり》全体《ぜんたい》を揺《ゆ》るがすほどの大騒動《だいそうどう》の発端《ほったん》の日《ひ》になるなんて、この時《とき》はまだ、ちっとも思《おも》っていませんでした。

さぁてと、ごはんも食《た》べたし、いつもの遊《あそ》び仲間《なかま》が集《あつ》まっていそうな、あさ底《ぞこ》ぬまにでも行《い》ってみようかな、ルーミルくんは後片付《あとかたづ》けをしながらそう考《かんが》えていました。

ルーミルくんは、モミの木《き》のバルバおばさんの根元《ねもと》付近《ふきん》にできた空洞《くうどう》を、部屋《へや》として使《つか》わせてもらっています。おばさんは、とても長生《ながい》きをしているので、動物《どうぶつ》たちの言葉《ことば》も十分理解《じゅうぶんりかい》していて、話《はな》すことができます。このような木《き》はフォーランドの森《もり》では珍《めずら》しくありませんが、なんと言《い》っても、バルバおばさんは、変《か》わりものとして有名《ゆうめい》です。

おばさんは、せっかく他《ほか》の動物《どうぶつ》たちと話《はなし》ができるのに、めったに話《はなし》に参加《さんか》しません。他《ほか》の者《もの》と関《かか》わりあうのが、嫌《いや》なのです。

でも、ルーミルくんのことになると、話《はなし》は別《べつ》のようです。

ルーミルくんのお父《とう》さんのブレーさんとお母《かあ》さんのマーブレンさんのことも大好《だいす》きだったので、マーブレンさんがポゴポゴ療養所《りょうようじょ》で療養《りょうよう》すると決《き》まった時《とき》には、今《いま》まで決《けっ》して誰《だれ》にも住《す》まわせなかった自分《じぶん》の横穴《よこあな》に、ぜひルーミルくんを住《す》まわせたいと、真《ま》っ先《さき》に大声《おおごえ》で言《い》い出《だ》したのです。

冒険《ぼうけん》への夢《ゆめ》を語《かた》り合《あ》う仲間《なかま》の一人《ひとり》である、発明好《はつめいず》きだけれど少《すこ》し頼《たよ》りない穴堀《あなほ》りモグラのキーファくんに、寒《さむ》い冬《ふゆ》でも楽《たの》しく暮《く》らせるように部屋《へや》を改造《かいぞう》してもらっています。

もちろん、これらのすべてが役立《やくだ》つアイデアばかりという訳《わけ》ではありません。ちょっとおかしくて奇妙《きみょう》なものも、たくさんあります。むしろ、ありがた迷惑《めいわく》といったものもあり、中《なか》には、ルーミルくんも何《なん》のためのものか、いまだによく分《わ》かっていないものもあります。

でも、役《やく》に立《た》つものもあります。例《たと》えば……、そう、暖炉《だんろ》。

ハニーストーンという石《いし》を部屋《へや》に敷《し》いて、その上《うえ》をふかふか落《お》ち葉《ば》の絨毯《じゅうたん》でかぶせて、そのさらに上《うえ》に、暖炉《だんろ》を置《お》くというシステムは、キーファくんのちょっとしたアイデアの一《ひと》つです。こうすることで、真冬《まふゆ》でも、ルーミルくんが部屋《へや》の中《なか》で暖《あたた》かくすごせるのはもちろんのこと、部屋《へや》を貸《か》してくれたモミの木《き》のバルバおばさんも、熱《あつ》すぎず、むしろ足下付近《あしもとふきん》がほんわりと温《あたた》かく良《い》い気分《きぶん》になることができるのです。

これは一石二鳥《いっせきにちょう》の、なかなか良《よ》くできた仕組《しく》みです。

他《ほか》には、……そう、役《やく》に立《た》つものと言《い》えば……そうそう……うーん……。

ドンドン。

おやおや、どうやら、噂《うわさ》をすれば、本人《ほんにん》の登場《とうじょう》のようです。

砂《すな》だけ川《がわ》に作《つく》った「冒険《ぼうけん》のたね穴《あな》ぐら」がこの雪《ゆき》で無事《ぶじ》かどうかを見《み》に行《い》かないかと、穴堀《あなほ》りモグラのキーファくんが、ルーミルくんを誘《さそ》いに来《き》ました。

確《たし》かに、「冒険《ぼうけん》のたね穴《あな》ぐら」は、今年《ことし》の夏《なつ》に仲間《なかま》たちと作《つく》りあげたばかりで、雪《ゆき》の準備《じゅんび》なんてまったくしていません。この突然《とつぜん》の雪《ゆき》で、入《い》り口《ぐち》が埋《う》もれてしまっているかもしれません。

せっかく作《つく》った穴《あな》ぐらがつぶれているかもしれないと思《おも》うと居《い》ても立《た》ってもいられず、すぐに出《で》かける準備《じゅんび》を始《はじ》めました。

暖炉《だんろ》横《よこ》にあるクルミの折《お》れ枝《えだ》で作《つく》ったハンガースタンドに掛《か》けられた、ススキの綿《わた》で作《つく》った黄金色《こがねいろ》のマフラーを巻《ま》いて、ルーミルくんは、キーファくんと、そそくさと出《で》かけて行《い》ってしまいました。

ちょうどその時《とき》、ルーミルくんやキーファくんには見《み》えませんでしたが、部屋《へや》の中央辺《ちゅうおうあた》りにあるスタンドに掛《か》けられた、お父《とう》さんの大切《たいせつ》な銀色《ぎんいろ》の首飾《くびかざ》りが、一瞬《いっしゅん》きらりと光《ひか》り輝《かがや》きました。

まるでそれは、そう、この冬《ふゆ》フォーランドの森《もり》で起《お》こる大騒動《だいそうどう》の始《はじ》まりを告《つ》げる、ファンファーレの合図《あいず》の代《か》わりだとでも言《い》わんばかりに。

2　あさ底《ぞこ》ぬま

「だーかーら、エルクのバンブルさんが目撃《もくげき》したんですって。あきらかに今《いま》まで見《み》てきたどんな木《き》よりも色《いろ》が薄《うす》くて、そう、とーっても透《す》き通《とお》っていて、それはまるで、水《みず》の色《いろ》そーっくりの木《き》が、**バーンッ**という大《おお》きな音《おと》と共《とも》に一瞬《いっしゅん》だけ現《あらわ》れて、森《もり》の他《ほか》の木《き》と一緒《いっしょ》に並《なら》んで立《た》っていたそうよ。

そしてバンブルさんが、びーっくりして目《め》をつむって、もう一度《いちど》開《あ》けた次《つぎ》の瞬間《しゅんかん》には、跡形《あとかた》もなく消《き》えていたらしいんですのよ。」

美味《おい》しそうに実《みの》って丸々《まるまる》となったドングリを、思《おも》いのほかたくさん食《た》べ過《す》ぎたらしく、すっかり体全体《からだぜんたい》がドングリそっくりになってしまったおばさんシマリスのワージュラさんが、必死《ひっし》になって周《まわ》りの動物《どうぶつ》たちに話《はな》しまわっています。

まるで、自分《じぶん》の体《からだ》が丸々《まるまる》になった原因《げんいん》がそこに隠《かく》されているのではないかとでも言《い》いたげな表情《ひょうじょう》です。

あさ底《ぞこ》ぬまの水《みず》はとてもきれいに透《す》き通《とお》っていて、底《そこ》がとても浅《あさ》く、大《おお》きなエルクだと歩《ある》いて対岸《たいがん》まで渡《わた》れてしまいます。ぬまというよりも、とても大《おお》きな水《みず》たまりと呼《よ》んだ方《ほう》が良《よ》さそうなあさ底《ぞこ》ぬまですが、東側《ひがしがわ》でシカや山羊《やぎ》にビーバーなどいろんな動物《どうぶつ》が集《あつ》まって、わいわい話《はな》し合《あ》っています。

普段《ふだん》から、あさ底《ぞこ》ぬまの

周辺《しゅうへん》では動物《どうぶつ》たちが集《あつ》まって、身《み》の回《まわ》りに起《お》こった少《すこ》し奇妙《きみょう》な事件《じけん》を、みんなそれぞれおもしろおかしく語《かた》り合《あ》っています。そして本来《ほんらい》なら、今朝《けさ》一番《いちばん》の話題《わだい》は、なんと言《い》っても昨夜《さくや》に降《ふ》った雪《ゆき》についてのはずでした。

でも、早《はや》くみんなに言《い》わないと体《からだ》がはち切《き》れてしまうとでも言《い》いたげな表情《ひょうじょう》で話《はな》しまわったワージュラさんの威力《いりょく》によるものでしょうか、彼女《かのじょ》のニュースが動物《どうぶつ》たちの間《あいだ》を駆《か》け巡《めぐ》り、すっかり話題《わだい》を独占《どくせん》してしまいました。

「しっかし、そんな話《はなし》、これまで一度《いちど》もきいたことないなぁ……。だいたいどこでバンブルさんは見《み》たんだい、その**木《き》のおばけ**とやらを。それにさ、バンブルさんは、そんな**おばけ**に出会《であ》って、よく無事《ぶじ》だったね。……と言《い》うよりも、そう言《い》えば、バンブルさんって今《いま》どこにいるの？」

「え、おいおい大丈夫《だいじょうぶ》なの？バンブルさんは。」

「バンブルさんは本当《ほんとう》にそれを、見《み》たのかい？だって変《へん》じゃないかい？

バンブルさんは、今《いま》いないのにどうやって見《み》ることができたんだい？」

なんだか動物《どうぶつ》たちも、興奮《こうふん》のあまり混乱《こんらん》してしまい、すっかり訳《わけ》の分《わ》からない会話《かいわ》をしています。

「だーかーらー、ちゃんときいてちょうだいな。ちゃんと。

エルクのバンブルさんは、昨夜《さくや》遅《おそ》くに、フォーランドの森《もり》の北側《きたがわ》の奥深《おくふか》くで見《み》たらしいんですのよ。

ただ、ぼんやりと夜食《やしょく》を探《さが》しに歩《ある》いていた時《とき》のことだったから、正確《せいかく》な場所《ばしょ》までは、はっきりとは憶《おぼ》えていないらしいんですの。

しーっかし、エルクさんたちは、夜食《やしょく》を食《た》べるためだけのために、わーっざわざフォーランドの森《もり》の北側《きたがわ》奥深《おくふか》くまで行《い》かれますのね。

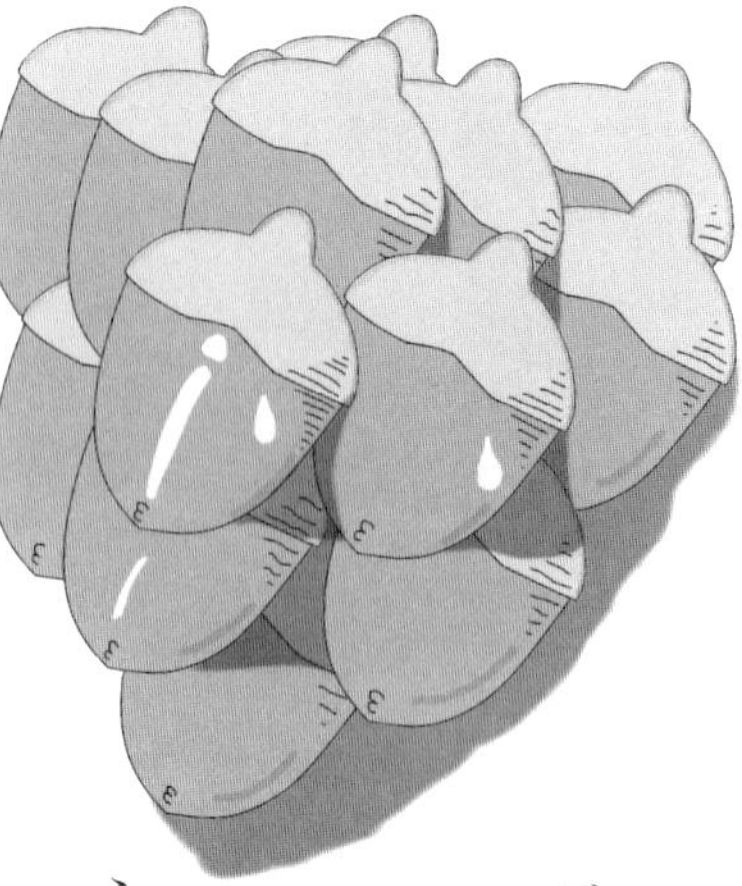

そりゃまぁ確《たし》かに、なかなか良《い》いドングリがございますでしょうけどね、あそこ辺《あた》りだと。いえ、わたしは別《べつ》にドングリが欲《ほ》しいわけじゃ、ございませんのよ。うちには、十分《じゅうぶん》に蓄《たくわ》えがありますから。ええ、うちには。

おっほっほっほ。」

ワージュラさんは、なぜか得意気《とくいげ》になって話《はな》しています。

脱線《だっせん》することはなはだしいこの話《はなし》に、さすがにもう付《つ》き合《あ》いきれないわと言《い》わんばかりに、集《あつ》まりの中《なか》から外《そと》へ、ぴょこんと、一匹《いっぴき》のうさぎさんが飛《と》び出《だ》しました。

とてもきれいな毛《け》なみをした女《おんな》の子《こ》うさぎのフランちゃんです。

「ほんとかしら？

肝心《かんじん》のエルクのバンブルさんが、この場《ば》にいないんじゃ、真相《しんそう》はどうだかわからないわね。ワージュラおばさんの話《はなし》だけじゃ、まったくあてにならないし……。

バンブルさん、こんなに話題《わだい》になってるのに、一体《いったい》今《いま》どこにいるのかしら……。

おばけモミの木《き》ね。ルーミルくんにさっそく知《し》らせてあげなきゃ。

どうせ朝寝坊《あさねぼう》して、まだ知《し》らないに決《き》まっているわ。」

細《ほそ》くとても美《うつく》しく長《なが》く伸《の》びた後《うし》ろ足《あし》で、ぴょんぴょんと、森《もり》の中《なか》に走《はし》り出《だ》したその時《とき》です。

ドスン。

フランちゃんは、とても大《おお》きなものにぶつかってしまいました。

「うおっほっほっほ。こりゃ、すまんすまん。」

ぶつかった相手《あいて》は、フォーランドの森《もり》の保安官署長《ほあんかんしょちょう》、パイソンのカーネルさんだったようです。

「おやおやフランちゃんじゃないか。おはよう。久《ひさ》しぶりに、急《いそ》いでおってね。

ふむ、どうやら、怪我《けが》はなさそうじゃな。

では、先《さき》を急《いそ》ぐのでな、失礼失礼《しつれいしつれい》。」

「あら、おはようございます。カーネルおじさん。顔《かお》のおひげが、今日《きょう》も素敵《すてき》ですね。そんなに急《いそ》いでどこに——」

フランちゃんが返事《へんじ》をした時《とき》には、カーネルさんはもうその場《ば》から走《はし》り去《さ》っていました。

ふと周《まわ》りを見渡《みわた》すと、あさ底《ぞこ》ぬまの周辺《しゅうへん》のあちらこちらで、他《ほか》のパイソンも汗《あせ》をかきながら大慌《おおあわ》てで、カーネルさんが目指《めざ》すのと同《おな》じ方向《ほうこう》へ走《はし》っています。遠《とお》くなので誰《だれ》だか分《わ》かりませんし、保安官《ほあんかん》さんたちが付《つ》ける青《あお》いリボンもはっきりは見《み》えませんが、きっと保安官《ほあんかん》さんたちです。

なぜならフォーランドの森《もり》で保安官《ほあんかん》になるのは、パイソン族《ぞく》がとても多《おお》いですし、なによりみんな急《いそ》いで署長《しょちょう》のカーネルさんと同《おな》じ方向《ほうこう》へ向《む》かっているのですから。

向《む》かっている先《さき》は、どうやら、あさ底《ぞこ》ぬまの南《みなみ》の方《ほう》のようです。

「何《なに》かしら？エルクのバンブルさんが見《み》たというおばけモミの木《き》と関係《かんけい》があるのかしら。」

考《かんが》えごとを始《はじ》めるとレモンバーベナの葉《は》で作《つく》った耳飾《みみかざ》りをくるくるいじるのは、フランちゃんの癖《くせ》です。

「ルーミルくんたちに伝《つた》えるのは、もう少《すこ》し後《あと》でもいいかも……。

とりあえず、保安官《ほあんかん》さんたちがあんなに慌《あわ》てて何《なに》をしに行《い》っているのか、どうしても知《し》っておくべきだわ。」

フランちゃんは体《からだ》の向《む》きを反転《はんてん》させて、カーネルさんが走《はし》って行《い》った後《あと》を追《お》い始《はじ》めました。

周辺《しゅうへん》では、今朝《けさ》の話題《わだい》を話《はな》すためにフォーランドの森《もり》の動物《どうぶつ》たちがたくさん集《あつ》まっていて、今日《きょう》は特《とく》に混雑《こんざつ》しています。

カーネルさんは走《はし》るのが早《はや》いことで有名《ゆうめい》ですが、たぶん他《ほか》の動物《どうぶつ》たちにぶつからないようにしながら走《はし》っていたからでしょう、まだフランちゃんからそう遠《とお》いところまで離《はな》れていませんでした。

「さぁ、追跡開始《ついせきかいし》ね。」

フランちゃんは大《おお》きく息《いき》を吸《す》い込《こ》んで、細《ほそ》く長《なが》く伸《の》びた後《うし》ろ足《あし》で、思《おも》いっきり強《つよ》く地面《じめん》を蹴《け》り跳《は》ねました。

カーネルさんは確《たし》かに走《はし》るのは早《はや》いのですが、とても大《おお》きな体《からだ》が邪魔《じゃま》をして、小回《こまわ》りがあまり効《き》きません。あさ底《ぞこ》ぬまに来《き》ている森《もり》の住民《じゅうみん》をよるために、必死《ひっし》で止《と》まっては右《みぎ》や左《ひだり》に曲《ま》がっています。

それに対《たい》して、フランちゃんの走《はし》りは、とっても小回《こまわ》りが効《き》き俊敏《しゅんびん》です。

「ありゃ、フランちゃんじゃないか。おはよう。」

「おはようございます。クワイエンさん。」

ビーバーのクワイエンさんがフランちゃんの行《ゆ》く手《て》に現《あらわ》れても、さっと体《からだ》を横《よこ》に倒《たお》して右《みぎ》に折《お》れ曲《ま》がり、挨拶《あいさつ》をしながら走《はし》り抜《ぬ》けました。

エルクのスレングさんが前《まえ》に現《あらわ》れた時《とき》ときたら……。

スレングさんの胴体《どうたい》と地面《じめん》との間《あいだ》にフランちゃんが通《とお》り抜《ぬ》けられるだけのぎりぎりの隙間《すきま》があったので、あまり上品《じょうひん》ではありませんが、なんとそこを走《はし》り抜《ぬ》けてしまいました。

「ごめんなさい、スレングさん。わたし、今《いま》とっても急《いそ》いでいるの。」

「あらあら、そうかい、フランちゃんや。気《き》を付《つ》けてね。」

そうこうしているうちに、どんどん保安官《ほあんかん》のカーネルさんとの距離《きょり》は縮《ちぢ》まり、ついにその姿《すがた》も目《め》の前《まえ》となりました。

あさ底《ぞこ》ぬまの南《みなみ》の端《はし》にある「とげとげ岩《いわ》」のそばまで来《き》た時《とき》に、カーネルさんは他《ほか》の保安官《ほあんかん》さんと合流《ごうりゅう》して走《はし》るのをやめました。辺《あた》りには、フォーランドの森《もり》の保安官《ほあんかん》さんが、大集合《だいしゅうごう》しています。

フランちゃんは、気《き》付《づ》かれないように注意《ちゅうい》して、みんなの声《こえ》がきこえるぎりぎりの距離《きょり》を保《たも》ちながら、モミの木《き》の根《ね》っこが地面《じめん》に盛《も》り上《あ》がっている部分《ぶぶん》に隠《かく》れました。

「――ゴホンゴホン。

いやいや、保安官諸君《ほあんかんしょくん》、おそろいのようですな。

まったく、昨夜《さくや》のあの事件《じけん》以来《いらい》、大忙《おおいそが》しですな。

それではさっそく、昨夜《さくや》から現在《げんざい》までの状況《じょうきょう》を、おさらいしていきましょう。

パレンさん、最初《さいしょ》に説明《せつめい》をお願《ねが》いできますかの？」

署長《しょちょう》のカーネルさんは、そう言《い》うと、若《わか》くて元気《げんき》いっぱいの保安官《ほあんかん》ヤギのパレンさんにウインクしました。

パレンさんは、すっかり興奮《こうふん》した顔《かお》で一歩前《いっぽまえ》に出《で》ました。

「かしこまりました。

それでは、昨夜《さくや》から現在《げんざい》までの捜査状況《そうさじょうきょう》を、皆様《みなさま》にご説明《せつめい》します。」

3　冒険《ぼうけん》のたね穴《あな》ぐら

どっさりと雪《ゆき》が枝《えだ》の上《うえ》に積《つ》もったモミの木々《きぎ》の下《した》、真《ま》っ白《しろ》い雪道《ゆきみち》を進《すす》む二人《ふたり》の姿《すがた》があります。

「しっかしさ、ルーミル……。

こう予想外《よそうがい》に雪《ゆき》にどっしりと積《つ》もられちゃうと、ほんっと困《こま》っちゃうね。はぁ、はぁ。」

穴堀《あなほ》りモグラのキーファくんは、今《いま》にも倒《たお》れてしまいそうな表情《ひょうじょう》をして歩《ある》きながら、ルーミルくんに話《はな》しかけています。新《あら》たに発明《はつめい》した雪道専用《ゆきみちせんよう》の「**らくらくブーツ**」を初《はじ》めて試《ため》したのですが、まったく効果《こうか》を発揮《はっき》せず、楽《らく》になるどころか、素足《すあし》で歩《ある》くより大変《たいへん》なぐらいです。

これでは、むしろ「**くたくたブーツ**」です。

「そっかな……、僕《ぼく》はやっぱりわくわくしちゃうなぁ。

こう、森全体《もりぜんたい》が、雪《ゆき》に包《つつ》まれる季節《きせつ》がやってきた――っていう、さ。」

昨夜積《さくや》もった雪《ゆき》の表面《ひょうめん》をお日《ひ》さまが照《て》らし、森《もり》の中《なか》は、あちらこちらがピカピカとまぶしく輝《かがや》いています。この魅惑的《みわくてき》な景色《けしき》にルーミルくんは、すっかりはしゃいでいます。

「まったくもって、ルーミルらしいよ。本当《ほんとう》に、ルーミルは、はぁ、気楽《きらく》な性格《せいかく》だから、はぁ……。うらやましいなぁ、もう。おいらも、はぁ。そうなりたいよ……。ほんっとに、はぁ。あ——、もう無理《むり》だぁ——！このブーツ、良《い》いアイデアだと思《おも》ったのにさ。」

穴掘《あなほ》りモグラのキーファくんは、とうとうブーツを脱《ぬ》いでしまいました。

フォーランドの森《もり》の東側《ひがしがわ》に、「砂《すな》だけ川《がわ》」と呼《よ》ばれている、ちっとも水《みず》の流《なが》れていない風変《ふうがわ》りな川《かわ》があります。流《なが》れているのは水《みず》ではなく、そう、その名《な》のとおり砂《すな》なのです。川《かわ》は雪《ゆき》のため真《ま》っ白《しろ》くなっていますが、雪《ゆき》のない日《ひ》は、とてもきれいな黄金色《こがねいろ》した細《こま》かな砂《すな》が、ゆっくりと下流《かりゅう》に向《む》かって流《なが》れています。

川《かわ》の真《ま》ん中辺《なかあた》りには、ぽこっと盛《も》り上《あ》がった陸地《りくち》があり、その部分《ぶぶん》だけを避《さ》けるようにして、砂《すな》の流《なが》れは左右《さゆう》に分《わ》かれています。今《いま》にも流砂《りゅうさ》に飲《の》み込《こ》まれてしまいそうに思《おも》える小《ちい》さな陸地《りくち》ですが、不思議《ふしぎ》と昔《むかし》からその部分《ぶぶん》だけは、左右《さゆう》に砂《すな》が分《わ》かれて進《すす》んでいるのです。

そしてそこに一本《いっぽん》だけ、木《き》が立《た》っています。

セコイアの木《き》ダールさんです。

ダールさんの幹《みき》には、少《すこ》しよじ登《のぼ》った辺《あた》りに、ルーミルくんたちが集《あつ》まるのにぴったりの大《おお》きさの空洞《くうどう》があります。ルーミルくんは、ダールさんにお願《ねが》いし続《つづ》け、ようやくその穴《あな》ぐらを使《つか》うことを許《ゆる》してもらえたのでした。

穴《あな》ぐらの中《なか》でルーミルくんは、遊《あそ》び仲間《なかま》のキーファくん、うさぎのフランちゃん、そしてグリズリーベアの女《おんな》の子《こ》バーリーちゃんたちと一緒《いっしょ》に、冒険《ぼうけん》につながりそうな話《はなし》──みんなはこれを**冒険《ぼうけん》のたね**と呼《よ》んでいます──をいろいろと語《かた》り合《あ》っています。

まだ一度《いちど》も冒険《ぼうけん》をしたことがないのですが、みんな好奇心《こうきしん》が強《つよ》く、いつかは出《で》かけたいと考《かんが》えています。この森《もり》の中《なか》で、冒険《ぼうけん》のたねをいつも探《さが》して、見《み》つけては持《も》ち寄《よ》り、この穴《あな》ぐら──「冒険《ぼうけん》のたね穴《あな》ぐら」と呼《よ》んでいます──で語《かた》り合《あ》います。

しかし残念《ざんねん》ながら、冒険《ぼうけん》への出発《しゅっぱつ》を決意《けつい》させるほどの**たね**には、まだ出会《であ》えていません。これまで集《あつ》めたたねと言《い》ったら、おばさんシマリスのワージュラさんが最近《さいきん》どんどん丸《まる》くなってきていることとか、そんなニュースばかりでした。もちろん、どこまで丸《まる》くなるのか、みんなでさんざん検討《けんとう》はしましたけれど……。

「キーファ、どうやら、なんとか大丈夫《だいじょうぶ》そうだよ。えへへ、よかったー。」

一足先《ひとあしさき》に川岸《かわぎし》に着《つ》いたルーミルくんが、冒険《ぼうけん》のたね穴《あな》ぐらの様子《ようす》を見《み》ながら言《い》いました。キーファくんは、脱《ぬ》いだブーツをすっかり持《も》て余《あま》しています。

森《もり》を包《つつ》み込《こ》んだ雪《ゆき》は、砂《すな》だけ川《がわ》に浮《う》かぶ小《ちい》さな島《しま》を白《しろ》くすることも忘《わす》れなかったようです。ダールさんの枝《えだ》にも、しっかり雪《ゆき》が積《つ》もっています。幸《さいわ》いにも、穴《あな》ぐらの入《い》り口《ぐち》は雪《ゆき》でふさがれてはおらず、根《ね》っこ付近《ふきん》に立《た》て掛《か》けていた板状《いたじょう》の舟《ふね》もどうやら無事《ぶじ》な様子《ようす》です。

砂《すな》だけ川《がわ》の流砂《りゅうさ》は深《ふか》く、うっかり足《あし》を入《い》れるとそのままルーミルくんたちは全身《ぜんしん》が埋《う》もれて飲《の》み込《こ》まれてしまうので、島《しま》まで渡《わた》るのに、その板状《いたじょう》の舟《ふね》を使《つか》うのです。

しかしもっと面白《おもしろ》い川渡《かわわた》りの方法《ほうほう》を、ルーミルくんたちは考案《こうあん》しました。ダールさんの太《ふと》い枝《えだ》と川岸《かわぎし》に立《た》つモミの木《き》マリョさんの枝《えだ》を、モミジヅタの長《なが》いツルで結《むす》んだのです。ルーミルくんたちは、そのツルをつたって、綱渡《つなわた》りの要領《ようりょう》で空中《くうちゅう》を渡《わた》り、川《かわ》の真《ま》ん中《なか》の孤島《ことう》に降《お》り立《た》つわけです。

実《じつ》は、このツル、単《たん》にルーミルくんたちの移動手段《いどうしゅだん》だけに供《きょう》されているわけではありません。

ツルを結《むす》ばれているダールさんにとっても、ある**とても重要《じゅうよう》な役割《やくわり》**を果《は》たすのです。

マリョさんや他《ほか》のモミの木《き》と、このツルを通《つう》じて話《はなし》ができるようになるのです。

普段《ふだん》、フォーランドの森《もり》の木《き》たちは、地中《ちちゅう》に張《は》りめぐらせた互《たが》いの根《ね》っこ同士《どうし》でつながりあっています。蜘蛛《くも》の巣《す》のように無数《むすう》に結《むす》びつきあったそれらの根《ね》っこの間《あいだ》を、音声《おんせい》や情報《じょうほう》が流《なが》れ──この世界《せかい》ではこれを**インター根《ね》っこ通信《つうしん》（！）**と呼《よ》んでいます──木《き》たちは互《たが》いに情報《じょうほう》のやりとりをしているのです。

でもダールさんは、砂《すな》だけ川《がわ》の真《ま》ん中《なか》の島《しま》で一人《ひとり》ぼっちならぬ一本《いっぽん》ぼっちだったので、他《ほか》の木《き》と根《ね》っこでつながりあえていませんでした。そのため長《なが》い間《あいだ》、誰《だれ》ともインター根《ね》っこ通信《つうしん》ができず、他《ほか》の木《き》との楽《たの》しい根《ね》っこ会話《かいわ》ができませんでした。

空中《くうちゅう》のツルでマリョさんとつながったこれからは、マリョさんの根《ね》っこを通《つう》じて、インター根《ね》っこ回線《かいせん》へ入《はい》りこみ、フォーランドの森《もり》のいろいろな木々《きぎ》と「根《ね》っこ友達《ともだち》」になれます。幹《みき》の空洞《くうどう》を使《つか》うことをようやく許可《きょか》したのも、実《じつ》はルーミルくんたちから、このアイデアを持《も》ちかけられたたからでした。

川岸《かわぎし》からでも穴《あな》ぐらが無事《ぶじ》なことは確認《かくにん》できましたが、せっかく来《き》たので、冬《ふゆ》を越《こ》すための本格的《ほんかくてき》な対策《たいさく》をすることになりました。

ルーミルくんがツルをつたって川《かわ》を渡《わた》ろうとした、ちょうどその時《とき》でした。

ハックショーン。

とても大《おお》きな音《おと》が、いきなり鳴《な》り響《ひび》きました。あまりの音《おと》の大《おお》きさに、さすがのルーミルくんも驚《おどろ》いて、危《あや》うく川《かわ》に落《お》っこちてしまいそうになったくらいです。

「だ、誰《だれ》？」

キーファくんは、すっかり驚《おどろ》いてしまい、逃《に》げるための穴《あな》を、ついつい地面《じめん》に掘《ほ》り始《はじ》めてしまいました。

「いやいや、いきなり驚《おどろ》かしてしまったみたいで、すまんよ。」

鼻水《はなみず》を地面《じめん》にくっつけてそうなくらいまで垂《た》らしながら、森《もり》の中《なか》から大《おお》きなエルクが出《で》てきました。

バンブルさんです。

「……昨夜《さくや》、びっくりすることがあってね。あんまりにも驚《おどろ》いてしまったもんで、その後《あと》、全然《ぜんぜん》眠《ねむ》ることができなかったんだ。それで、どうやら体調《たいちょう》をくずしてしまったようなんだよ。
ハ、ハ、ックショーーン。
はぁーあ、まさか、**モミの木《き》のおばけ**なんかを見《み》るとはね……。」

ルーミルくんは、バンブルさんの言葉《ことば》にすばやく反応《はんのう》し、ツルにかけていた手《て》を下《お》ろし、キーファくんの方《ほう》を見《み》ました。

キーファくんも、地面《じめん》を掘《ほ》っていた手《て》をはたきながら、ちょうどルーミルくんの方《ほう》を見《み》たところでした。穴掘《あなほ》りモグラのキーファくんは、危険《きけん》が迫《せま》った時《とき》やとても驚《おどろ》いた時《とき》に、本能的《ほんのうてき》に地面《じめん》に穴《あな》を掘《ほ》って逃《に》げようとする習性《しゅうせい》があるようです。もちろん本人《ほんにん》は逃《に》げようとしたなんて、決《けっ》して認《みと》めませんが……。今回《こんかい》も相当驚《そうとうおどろ》いたことは、土《つち》まみれになった手《て》を見《み》れば明《あき》らかです。

「えっ、モミの木《き》のおばけですか？」

持《も》ち前《まえ》の好奇心《こうきしん》をすっかり刺激《しげき》され、ルーミルくんがききました。

「うん？　あぁ、そう、そう。

そうだね。あれには、ほんっとびっくりしたんだよッックショーン。」

とうとう、クシャミが言葉《ことば》に混《ま》ざり始《はじ》めました。

「……もし良《よ》かったら、バンブルさん、詳《くわ》しく教《おし》えてもらえないですか？

バンブルさんが見《み》た、そのおばけモミの木《き》について……。」

キーファくんも、すっかり興味《きょうみ》しんしんです。

「ふー構《かま》わんさ。どうせ家《いえ》に帰《かえ》っても眠《ねむ》ることもできんし……。

びっくりし過《す》ぎたんだろうね……。

こうやって誰《だれ》かと話《はな》している方《ほう》が落《お》ち着《つ》くよ。

まぁ、目撃《もくげき》した後《あと》しばらくしたら、ワージュラさんに会《あ》ったから、彼女《かのじょ》には既《すで》に話《はな》したんだけどね……。

事件《じけん》の発端《ほったん》は、こうさ。

昨日《きのう》の夜遅《よるおそ》くに、急《きゅう》におなかが空《す》いてしまってね。

ちょっと、待《ま》って。**ハ、ハックショーーン。**

ふー。

えっと、何《なん》の話《はなし》だったっけ？……ああ、そうそう。

ああ、今思《いまおも》えば、なんであんな時間《じかん》におなかが空《す》いちまったのかなぁ。

なぜか昨日《きのう》にかぎって、新鮮《しんせん》な落《お》ちたてほやほや（！）のドングリをどうしても食《た》べたくなってね……。外《そと》に出《で》て探《さが》しているうちに、どんどん森《もり》の奥深《おくふか》くまで行《い》っていたようなんだ。

ハックショーーン。

ほら、昨夜《さくや》は雪《ゆき》が降《ふ》りだしたろう、それもあって、なかなか良《い》いドングリを見《み》つけられなくてさ、意地《いじ》もあったんだ、それでどんどん森《もり》の奥深《おくふか》くまで……。

奥《おく》というか、正確《せいかく》には、森《もり》の北《きた》の方《ほう》かなぁ……、そう、フォーランドの森《もり》の北側《きたがわ》のはずれの方《ほう》まで行《い》ったんだ。

すぐ止《や》むだろうと思《おも》っていた雪《ゆき》が思《おも》いの外《ほか》、全然《ぜんぜん》止《や》まないだろ。

でもなんでかな、森《もり》の中《なか》は、神秘的《しんぴてき》なまでに、とっても静《しず》かだったんだ。

昨日《きのう》はね。

だからとっても気《き》持《も》ち良《よ》くて、ぼんやりしながら、ドングリ探《さが》しをしていたんだ。

その辺《あた》りへ行《い》った頃《ころ》には、既《すで》に新鮮《しんせん》なドングリもたくさん集《あつ》めることができたんだ。

ん？何《なん》で食《た》べないのかって？

いやいや、オレはね、ドングリの食《た》べ方《かた》には、少《すこ》しこだわりがあってね。

ちょっとずつ食《た》べるんじゃなくて、ある程度《ていど》の量《りょう》を集《あつ》めて、一気《いっき》にまとめて食《た》べるのさ。これが、また美味《おい》しいのさ、一気《いっき》にもぐもぐとやるとね。

ハ、ハ、ハックショーーン。

ふう。そんで、木々《きぎ》もすっかりみんな眠《ねむ》ってしまった真夜中《まよなか》、森《もり》の中《なか》をさんざん歩《ある》いて、ようやく満足《まんぞく》できる量《りょう》を集《あつ》めたのさ。

そして、近道《ちかみち》して帰《かえ》ろうと、辺《あた》りに何《なん》にも生《は》えていない砂利道《じゃりみち》を歩《ある》いていた時《とき》さ。なんだろうね、そう、まるで地面《じめん》が少《すこ》し揺《ゆ》れたかのような、そんな感《かん》じがしたんだよ。何《なに》かがいる気配《けはい》がしたとでもいうか、空気《くうき》がざわめいたとでも言《い》えばいいのかなぁ。

とにかく、そんな感《かん》じがしてしばらくしたらだよ。

いきなり後《うし》ろの方《ほう》で、**ズッドーーン**っていう大《おお》きな音《おと》がしたんだッ

クショーーン。

そりゃもう、びっくりしたのなんのって！だって、さっきも言《い》ったよう

に、ただでさえ、いつもより静《しず》かな夜中《よなか》だったんだよ……。

あんまりにもびっくりしたせいで、やっと集《あつ》めたドングリを、すっかり全部《ぜんぶ》落《お》っことしてしまったよ。

そして、あわてて後《うし》ろを振《ふ》り返《かえ》ったんだ。

そうしたらさ、**ハックショーーン**……、いたんだよ。

そうだな……この川幅《かわはば》の倍《ばい》くらい離《はな》れていたと思《おも》うけど、そして雪《ゆき》も降《ふ》っていたけど、それでもはっきりと見《み》たんだよ、この目《め》で。

あぁ、あれは、間違《まちが》いなく『**おばけモミの木《き》**』だった。

なんでそんなの見《み》ちまうかなぁ、**チックショーーン。**」

昨夜《さくや》から眠《ねむ》っていないせいなのか、極度《きょくど》の興奮《こうふん》のせいなのか、体調《たいちょう》のせいなのか、バンブルさんの目《め》はすっかり充血《じゅうけつ》しています。

「でも、バンブルさん。どうして、**おばけ**だって分《わ》かるの？」

好奇心《こうきしん》ですっかり興奮《こうふん》しながらルーミルくんは、質問《しつもん》しました。
「うん？
ああ、まず最初《さいしょ》に、オレはその道《みち》から歩《ある》いてきたんだよ。
そして誓《ちか》って言《い》うが、その道《みち》の真《ま》ん中《なか》に木《き》なんて生《は》えていなかったんだ。
なのに奴《やつ》は一瞬《いっしゅん》で、その道《みち》の真《ま》ん中《なか》に現《あらわ》れやがった。
それに何《なに》より、色《いろ》が変《へん》だったんだ。
ハックショーーン。
何色《なにいろ》というのかな、なんというかー透明《とうめい》の……ああ、そうだ。
アレは……この世《よ》の木《き》の色《いろ》ではなかったね。
そんでさ、なんといっても、極《きわ》めつけだったのはさ。
びっくりして目《め》を閉《と》じちまったオレが、もう一回《いっかい》、目《め》を開《ひら》いた時《とき》さ。」
おばけを見《み》たその目《め》が無事《ぶじ》かどうか確《たし》かめるかのように、バンブルさん

は、両目《りょうめ》をこすってから続《つづ》けました。

「そうしたら、なんと、その場《ば》から奴《やつ》は消《き》えていたんだ。

そう、跡形《あとかた》もなくね。」

バンブルさんは、真《ま》っ赤《か》な目《め》をしてルーミルくんたちに訴《うった》えます。

さきほどからバンブルさんは何度《なんど》も目《め》を閉《と》じてはルーミルくんたちを見《み》つめていたのですが、どうやら消《き》えてしまわないか確認《かくにん》していたのかもしれません。

「バンブルさんは、そのモミの木《き》が消《き》えてから、もう一度《いちど》、その場所《ばしょ》に行《い》きましたか?」

ルーミルくんが、ききました。

「いやいや、いやいや、いやいや、いやいや……。

そんなこと……できるわけがないだろう?

情《なさ》けない話《はなし》だけれど、ただただ驚《おどろ》いてしまって、恐《おそ》ろしくなってしまって、慌《あわ》てて帰《かえ》ってきたよ……。

ドングリ集《あつ》めに無我夢中《むがむちゅう》で、オレはどこに居《い》たのか分《わ》からないくらいだったから、もう、とにかく南《みなみ》の方《ほう》へ南《みなみ》の方《ほう》へと、必死《ひっし》で逃《に》げたんだ。

あーあー。

せっかく気持《きも》ち良《よ》く、オレとドングリだけの世界《せかい》に熱中《ねっちゅう》していたのにさ。

もう怖《こわ》くて怖《こわ》くて、家《いえ》にたどり着《つ》いたって、眠《ねむ》れないったりゃ、ありゃしないよ。

だって、そうだろう？

ひょっとしたら奴《やつ》も、必死《ひっし》で逃《に》げるオレの後《あと》をつけて来《き》ていたかもしれないだろ？

家《いえ》で眠《ねむ》ろうと目《め》をつぶった瞬間《しゅんかん》に、**ズッドーン**という音《おと》とともに、また現《あらわ》れられでもしたら……。

あぁそんなことになったら、オレは絶対《ぜったい》に腰《こし》を抜《ぬ》かしてしまうよ……。

まぁ横《よこ》になっているんだから、腰《こし》を抜《ぬ》かしても困《こま》らないだろうけどさ。

でも、奴《やつ》は**おばけ**の中《なか》でも、相当意地《そうとういじ》の悪《わる》いタイプだと思《おも》うな。

だって普通《ふっう》さ、**おばけ**ってのは、ひっそりと現《あらわ》れるもんだよね？

おばけだと言《い》うだけでもみんな驚《おどろ》くのにさ、さらにあんな大《おお》きな音《おと》で驚《おどろ》かせるなんて、やり過《す》ぎだよ……。

あぁそうさ、**おばけの世界《せかい》のルール違反《いはん》**だよ。

ハ、ハ、……ハックショーン。

ふう、……でも、なんだか、君《きみ》たちと話《はな》していたら、なんとなく気持《きも》ちも落《お》ち着《つ》いてきたよ、ありがとう。今《いま》ならなんとか眠《ねむ》ることもできそうだ。もう、行《い》っても良《い》いかな？

そろそろ、家《いえ》に帰《かえ》るとするわ。

あぁ、それにしても、せっかく頑張《がんば》って、たくさん集《あつ》めたあのドングリ、もったいなかったなぁ……。」

バンブルさんは、そう言《い》いながら去《さ》って行《い》きました。

話《はなし》をきいていたルーミルくんの顔《かお》が輝《かがや》いていることは、言《い》うまでもありません。

「キーファ！現場《げんば》を探《さが》しに行《い》こうよ。今《いま》すぐに。」

ルーミルくんはそう言《い》うと、さっそく森《もり》の北側《きたがわ》へ向《む》けて走《はし》り始《はじ》めてしまいました。

「え？ルーミル？

ちょっと、おいおい、待《ま》ってよ。おいらを待《ま》っておくれよ。」

キーファくんも、手《て》に持《も》っていたブーツを、ひとまず川岸《かわぎし》のモミの木《き》マリヨさんの足下《あしもと》に置《お》き、慌《あわ》ててルーミルくんの後《あと》を追《お》いかけています。

「なぁ、ルーミル……探《さが》すって言《い》ったってさぁ……。

おばけなんだから、こんな朝《あさ》に探《さが》したって、出《で》てきてくれやしないよ、きっと……。

おばけは、暗《くら》くなってから、出没《しゅつぼつ》するもんじゃないかい？」

キーファくんが、凄《すご》い勢《いきお》いで前《まえ》を走《はし》るルーミルくんに言《い》いました。

「確《たし》かにそうかもね、キーファ。

まぁ、おばけが暗《くら》くなってからしか、一切出没《いっさいしゅつぼつ》しないのかは知《し》らないけれど。

でもさ、今《いま》すぐにおばけを見《み》たいと言《い》っているわけじゃないんだよ。

今僕《いまぼく》たちがしたいのは、なにかしらの手《て》がかりの捜索《そうさく》さ。そんなに大《おお》きなモミの木《き》が、一瞬《いっしゅん》で出現《しゅつげん》してすぐに消《き》え去《さ》ったというのに、バンブルさんはなんの『跡形《あとかた》もなかった。』って言《い》っていたよね。でもそれは雪《ゆき》の降《ふ》りしきる夜中《よなか》だから見《み》えなかっただけで、朝日《あさひ》がこんなに森《もり》の中《なか》にまで入《はい》り込《こ》み、地面《じめん》に積《つ》もった雪《ゆき》に反射《はんしゃ》して、キラキラと明《あか》るく視界《しかい》が良《い》い今《いま》なら、何《なん》らかの痕跡《こんせき》が見《み》つかるかもしれないだろ？　事件《じけん》は昨夜起《さくやお》きたばかりなんだから、今《いま》ならまだ、そう時間《じかん》も経過《けいか》していない。探《さが》してみる価値《かち》はある。」

ルーミルくんは、立《た》ち止《ど》まってキーファァくんににっこり微笑《ほほえ》むと、再《ふたた》び走《はし》り始《はじ》めました。

全速力《ぜんそくりょく》で走《はし》るルーミルくんとキーファァくんは、やがて、フォーランドの森《もり》の北側《きたがわ》のはずれと呼《よ》ばれている辺《あた》りにやって来《き》ました。

この辺《あた》りでもモミの木《き》などが生《は》えていますが、そのまたはずれに、木々《きぎ》が生《は》えていない場所《ばしょ》があります。

「な、なぁ、ルーミル……。

バンブルさんは、ドングリ探《さが》しにすっかり熱中《ねっちゅう》して、自分《じぶん》がどこに居《い》るのか気《き》にもとめないで、森《もり》の北側《きたがわ》のはずれにまで来《き》たんだよ。帰《かえ》りもあわてて、とにかくやみくもに、走《はし》って帰《かえ》ったって、言《い》ってたじゃないか。

……ということは、当《とう》のバンブルさんでさえ、**おばけモミの木《き》**を目撃《もくげき》した正確《せいかく》な場所《ばしょ》が分《わ》からないってことだよね？

それなのに、そんな場所《ばしょ》を一体全体《いったいぜんたい》、どうやって探《さが》すのさ？」

キーファくんが、ききました。

「えへへ、ドングリさ。」

ルーミルくんは、にっこり笑《わら》って、そう答《こた》えました。

「え？今《いま》からおいらたちも、ドングリを探《さが》すのかい？」

キーファくんが、それこそドングリがノドにつまったかのような、びっくりした顔《かお》をしました。

「あはは、うん、そうだよ。

正確《せいかく》には、**あるドングリ**を探《さが》すのさ。

いいかい、キーファ。

こういう時《とき》は、別《べつ》の観点《かんてん》から考《かんが》えると、うまい方法《ほうほう》も見《み》つかるものさ。

僕《ぼく》たちは、昨夜《さくや》バンブルさんが**おばけモミの木《き》**を目撃《もくげき》した正確《せいかく》な場所《ばしょ》を探《さが》したいんだよね？

確《たし》かにキーファの言《い》う通《とお》り、残念《ざんねん》ながら、それだと見《み》つけることはできない。

でもそうじゃなくて、バンブルさんが昨夜《さくや》びっくりして、集《あつ》めていたたくさんのドングリを落《お》としてしまった場所《ばしょ》を探《さが》すんだよ。

その場所《ばしょ》こそが、バンブルさんが**おばけモミの木《き》**を見《み》た場所《ばしょ》さ。」

ルーミルくんが、にっこりと笑《わら》いながら言《い》いました。

「なるほどなぁー。

でも、どうやって、バンブルさんの落《お》としたドングリかどうかを、確《たし》かめるんだい？

ドングリにバンブルさんの名前《なまえ》でも書《か》いてあれば、いいんだけれど……、書《か》いたとは言《い》ってなかったよね？」

キーファくんが、大《おお》まじめな顔《かお》できます。

「キーファ。

森《もり》の中《なか》で、ドングリが一カ所《いっかしょ》にたくさん集《あつ》まって、落《お》ちていたとする。

君《きみ》ならどうする？」

「もちろんおいらなら、大喜《おおよろこ》びでもらっていくさ。」

どうして、そんな当《あ》たり前《まえ》のことをきくんだろうといった顔《かお》で、キーファくんが答《こた》えました。

「そうなんだよ。

この森《もり》に住《す》むほとんどの動物《どうぶつ》たちにとって、ドングリはごはんに欠《か》かせない、とっても美味《おい》しくて大切《たいせつ》な食材《しょくざい》なんだよ。たくさんのドングリがまとまって落《お》ちていたら、みんなすぐに喜《よろこ》んで拾《ひろ》って、持《も》って行《い》ってしまうはずなんだ。

にもかかわらず、誰《だれ》にも拾《ひろ》われることなく残《のこ》っていたとしたら――それは、誰《だれ》も拾《ひろ》わなかったから、ではなくて、**誰《だれ》も拾《ひろ》う機会《きかい》がなかったから**なんだよ。

つまり、そのたくさん集《あつ》まって落《お》ちているドングリは、『**落《お》とされてま**

だ間《ま》もない』ドングリのはずなんだ。

そしてこの辺《あた》りは北《きた》のはずれのはずれ、見《み》てのとおり、木々《きぎ》も生《は》えていない所《ところ》だ。こんな場所《ばしょ》で、たくさんのドングリが一カ所《いっかしょ》に集《あつ》まって落《お》ちているることとなんて、そうそうあることじゃないよ。

つまり、この辺《あた》りで見《み》つけたとしたら、それはおそらくバンブルさんが昨夜《さくや》落《お》としたものと考《かんが》えていいんじゃないかな。」

「……、な、なるほどなぁ。分《わ》かったよ、うんうん。」

キーファくんがどこまで理解《りかい》したのか、少《すこ》し怪《あや》しいところですが、それでも、それなりに納得《なっとく》した様子《ようす》で言《い》いました。

雪《ゆき》に包《つつ》まれた森《もり》の中《なか》、必死《ひっし》にドングリのかたまりを探《さが》す姿《すがた》があります。

「おぉ、あったよ、あった、これじゃない？

キーファ！」

しばらく探《さが》していたルーミルくんは、何《なに》かを見《み》つけたようで、キーファくんを呼《よ》んでいます。

見《み》ると、すっかり積《つ》もった雪面《せつめん》に、ポコポコッと穴《あな》が空《あ》いており、それぞれの中《なか》に、たくさんのドングリが入《はい》っています。これらのドングリを手《て》に取《と》ると、なんと、落《お》ちていた場所《ばしょ》の下《した》にも雪《ゆき》が積《つ》もっています。つまり、これらのドングリが落《お》ちる前《まえ》から、雪《ゆき》が地面《じめん》にあったことになります。

考《かんが》えてみると、本格的《ほんかくてき》な冬《ふゆ》の到来《とうらい》はまだもう少《すこ》し先《さき》のはずで、昨夜《さくや》まで、雪《ゆき》は降《ふ》っていませんでした。

これらのドングリは、昨夜《さくや》、雪《ゆき》が降《ふ》り始《はじ》めた途中《とちゅう》で、地面《じめん》に落《お》とされたものであるとみて、間違《まちが》いないようです。

ルーミルくんは、少《すこ》し考《かんが》えて、これこそバンブルさんが昨夜《さくや》落《お》としたドングリであると判断《はんだん》しました。

「さぁてと、ここからが、大事《だいじ》だよ。

『**おばけモミの木《き》**は、森《もり》の道《みち》の真《ま》ん中《なか》の木《き》の生《は》えていない所《ところ》から、急《きゅう》に現《あらわ》れた。』って言《い》っていたよね。そうすると――」

ぶつぶつと、そう独《ひと》り言《ごと》を言《い》いながら、ルーミルくんは、周辺《しゅうへん》の地面《じめん》を念入《ねんい》りに観察《かんさつ》し始《はじ》めました。雪面《せつめん》に何《なに》か痕跡《こんせき》を残《のこ》していないか調《しら》べることにしたのです。

よく見《み》ると、奇妙《きみょう》なことに、ある一カ所《いっかしょ》だけ、地面《じめん》が温《あたた》かいのか積《つ》もった雪《ゆき》がもう既《すで》にとけている場所《ばしょ》がありました。

「ここだけ、太陽《たいよう》がすごくあたっているというわけでもないのになぁ。変《へん》だね。」

そう言《い》いながら地面《じめん》を見《み》ると、ルーミルくんたちの握《にぎ》りこぶしより一回《ひとまわ》り大《おお》きいくらいの穴《あな》が空《あ》いていました。
中《なか》を覗《のぞ》くと、暗《くら》くて残念《ざんねん》ながら何《なに》も見《み》えません。
「なんだろう？
これ、おばけモミの木《き》の家《いえ》につながっている穴《あな》かな？」
他《ほか》に怪《あや》しい地面《じめん》は見当《みあ》たらなかったので、二人《ふたり》は、その穴《あな》の前《まえ》に座《すわ》り、
何《なに》か変化《へんか》でも起《お》きないか待《ま》ってみることにしました。
しかし、しばらく待《ま》っていましたが、一向《いっこう》に変化《へんか》がありません。
「ふー、残念《ざんねん》だね。
まぁ、どっちにしても、バンブルさんはこの辺《あた》りに立《た》っていて、そこへ
おばけモミの木《き》が現《あらわ》れたと考《かんが》えて、間違《まちが》いないと思《おも》う。
ねぇ、キーファ。また今夜《こんや》にでも、ここに来《こ》ようよ。」
ルーミルくんが提案《ていあん》しました。

「えー！

こ、今夜《こんや》、そんな……、夜《よる》なんかにまた来《く》るのかい？

お、おいら、夜《よる》、ちょっとどうだったかなぁ。

今夜《こんや》だよね……そっそうだ、今夜《こんや》は、予定《よてい》があったかもしれないよ。

そうそう、予定《よてい》があったよ、たしか。」

キーファくんは、夜《よる》ここに来《く》るなんてとんでもないといった顔《かお》をうまく隠《かく》しているつもりで答《こた》えました。

「そうかぁ……、残念《ざんねん》だなぁ。

じゃ、とりあえずさ、一度《いちど》オーサ爺《じい》さんの所《ところ》へ、**おばけモミの木《き》**について、ききに行《い》ってみようよ。」

フォーランドの森《もり》の動物《どうぶつ》たちは、みんな、相談《そうだん》ごとや質問《しつもん》したいことがあると、この森一番《もりいちばん》の物知《ものし》り樫《かし》の木《き》のオーサ爺《じい》さんのところへ行《い》きます。もちろんルーミルくんも、オーサ爺《じい》さんのことが大好《だいす》きで、小《ちい》さな頃《ころ》から色々《いろいろ》と教《おし》えてもらってきました。オーサ爺《じい》さんは、「森《もり》のユウ」ことブレー（ルーミルくんのお父《とう》さん）さんの、この森一番《もりいちばん》の理解者《りかいしゃ》でした。そんなこともあって、オーサ爺《じい》さんは、特《とく》によく目《め》をかけています。

「オッケー。じゃ、行《い》こうか。

あ、でもルーミル。

おいら**本当**《ほんとう》に、今夜《こんや》この場所《ばしょ》にもう一度《いちど》来《く》るのは、ちょっと無理《むり》だからね。」

南《みなみ》の方《ほう》へ走《はし》り始《はじ》めたキーファァくんは、念《ねん》を押《お》すようにそう言《い》いました。

4　保安官会議《ほあんかんかいぎ》

あさ底《ぞこ》ぬまの南端《なんたん》にある「とげとげ岩《いわ》」辺《あた》りでは、フォーランドの森《もり》の安全《あんぜん》を守《まも》る保安官《ほあんかん》さんたちが集《あつ》まり、なにやら会議《かいぎ》を始《はじ》めています。

その少《すこ》し離《はな》れたところから、フランちゃんが、こっそり息《いき》をひそめて、会議《かいぎ》の内容《ないよう》に、きき耳《みみ》をたてています。

ヤギの保安官《ほあんかん》パレンさんが、話《はなし》を始《はじ》めています。

「――それでは、昨夜《さくや》から今朝《けさ》までの状況《じょうきょう》を今一度《いまいちど》、皆様《みなさま》に説明《せつめい》いたします。昨夜《さくや》は、わたしが夜間《やかん》の当番《とうばん》でしたので、いつものように、保安署《ほあんしょ》の本部《ほんぶ》で待機《たいき》していました。

みんなが眠《ねむ》りにつき、フォーランドの森《もり》も静《しず》まり返《かえ》り、それにしても、いつになく静《しず》かな夜《よる》だなと思《おも》っていたら、雪《ゆき》が降《ふ》り始《はじ》めました。こんな時期《じき》に降《ふ》るのは珍《めずら》しいので、わたしは、扉《とびら》を開《ひら》いて戸口《とぐち》から、少《すこ》し外《そと》に出《で》ていました。夜空《よぞら》を見上《みあ》げ、降《ふ》ってくる雪《ゆき》を眺《なが》めていますと、空《そら》メール便《びん》

――フクロウさんを使《つか》った伝言《でんごん》――の配達《はいたつ》をしているドーラさんが、あわてて飛《と》んできたのです。

そしてこう言《い》いました。どうやら事件《じけん》が起《お》きたようだと。」

ヤギのパレンさんは、大勢《おおぜい》の先輩《せんぱい》保安官《ほあんかん》さんたちの前《まえ》ですが、事件《じけん》のことで頭《あたま》が一杯《いっぱい》なため、緊張《きんちょう》することなく、はきはきと話《はな》しています。

「空《そら》メール便《びん》の内容《ないよう》は、次《つぎ》のようなものでした。

事件《じけん》が起《お》きた場所《ばしょ》は、この森《もり》の北《きた》にあるモビーク山《やま》の中《なか》です。

ふもとに住《す》むグリズリーベアのフンベルさん一家《いっか》が寝《ね》ようとしていた時《とき》、いきなり外《そと》で、**ゴォーーン**というものすごく大《おお》きな音《おと》が、鳴《な》り響《ひび》いたそうです。何《なに》が起《お》きたのかとフンベルさんがあわてて外《そと》に出《で》てみると、音《おと》のきこえた方向《ほうこう》の夜空《よぞら》が、雪降《ゆきふ》る中《なか》でもはっきりと、赤《あか》く光《ひか》っていたらしいのです。光《ひかり》を目印《めじるし》にその方向《ほうこう》へ向《む》かうと、上部《じょうぶ》を赤《あか》く光《ひか》らせてもくも

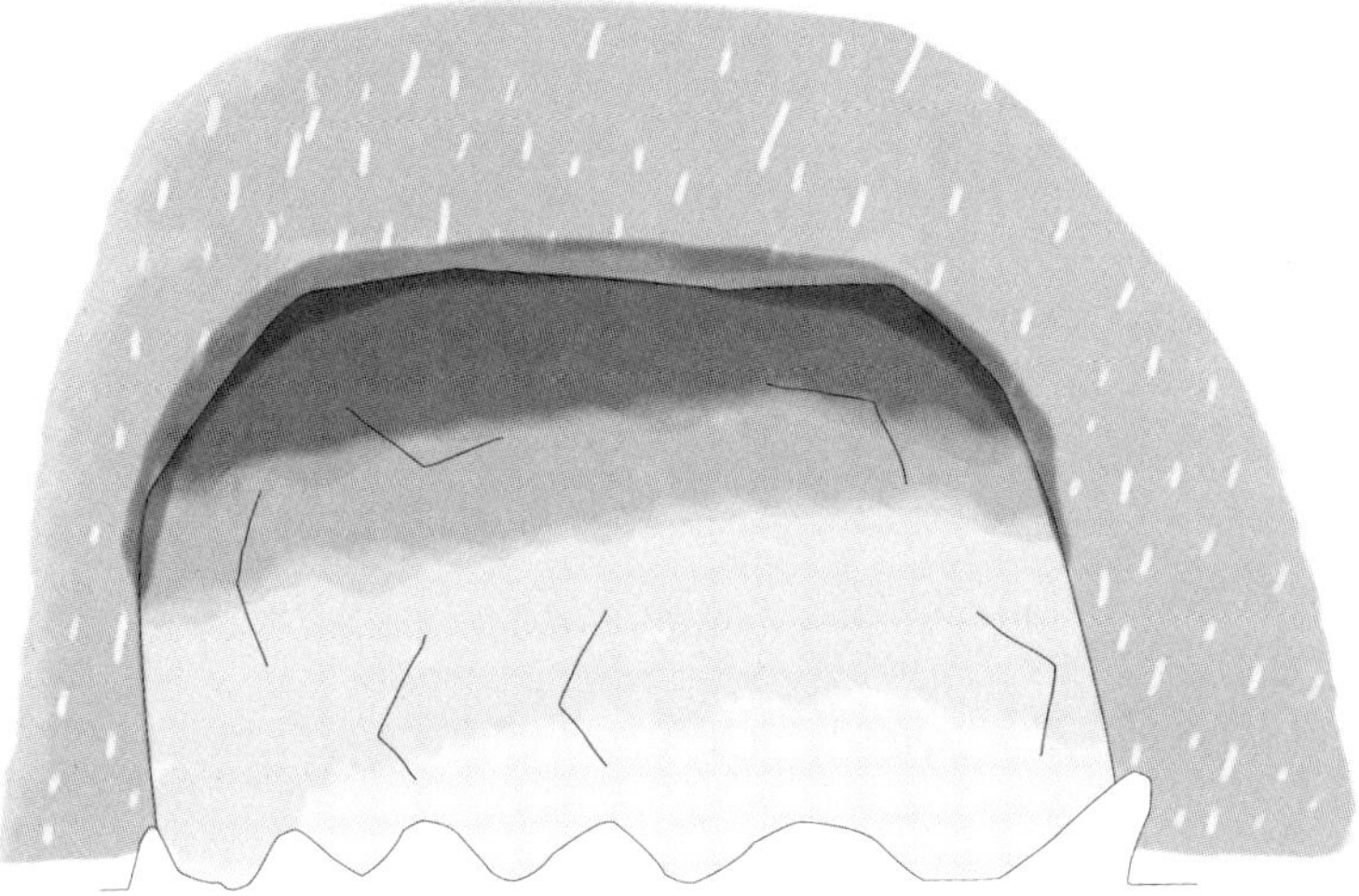

くと煙《けむり》をあげている大《おお》きな岩《いわ》が、出現《しゅつげん》していたとのことでした。

わたしは、これまで—といっても保安官歴《ほあんかんれき》は、まだほんの二年《にねん》ですが—一度《いちど》も轟音《ごうおん》とともに煙《けむり》をあげて突然出現《とつぜんしゅつげん》する巨岩《きょがん》なんて、見《み》たこともきいたこともありませんでした。最初《さいしょ》は、ひょっとしたら単《たん》なる見間違《みまちが》いなんじゃないか、又《また》は、たちの悪《わる》い冗談《じょうだん》なんじゃないかと半信半疑《はんしんはんぎ》でした。でも、皆《みな》さんもご存知《ぞんじ》のように、フンベルさんは、夜中《よなか》にそんな悪《わる》ふざけをするような方《かた》ではありません。

そこでわたしは、これは非常事態《ひじょうじたい》だと判断《はんだん》しました……。なぜなら、煙《けむり》をあげていたというのですから、火事《かじ》になってしまうかもしれませんので……。」

おおげさに騒《さわ》ぎすぎたかと不安《ふあん》そうなパレンさんですが、「いやいや、それでいいんじゃよ、パレン。速《すみ》やかな対応《たいおう》ご苦労《くろう》じゃった。」と署長《しょちょう》のカーネルさんに言《い》われ、若《わか》い女《おんな》のヘラジカ保安官《ほあんかん》のビーナさんにも笑顔《えがお》で続《つづ》きを促《うなが》され、すっかり安心《あんしん》したようです。話《はなし》を続《つづ》け始《はじ》めました。

「いえ、職務《しょくむ》を全《まっと》うしたまでです。ありがとうございます。もし事実《じじつ》なら――とても奇妙《きみょう》なことですが――辺《あた》りに火《ひ》が燃《も》えうつり、山火事《やまかじ》にもなりかねないわけですから、やはりすぐに現場《げんば》を確認《かくにん》しに行《い》くべきだと判断《はんだん》しました。しかし、わたしはその時《とき》、現場《げんば》に向《む》かいませんでした……。正直《しょうじき》に申《もう》しますと、……恥《は》ずかしながら、一人《ひとり》で、現場《げんば》へ向《む》かう勇気《ゆうき》がなかったのです……。

確《たし》かに、ここフォーランドの森《もり》では、肉食動物《にくしょくどうぶつ》は他《ほか》の動物《どうぶつ》を襲《おそ》ってはいけないという、きまりになっています。

でも、夜間《やかん》に一人《ひとり》だけで新米《しんまい》のわたしが動《うご》き回《まわ》るというのは、襲《おそ》われないといくら分《わ》かっていても、怖《こわ》すぎました……。

それに昨夜《さくや》は、わたしたった一人《ひとり》で、宿直《しゅくちょく》の当番《とうばん》をしていました。

そんな状況《じょうきょう》で、わたしがいきなり現場《げんば》に向《む》かってしまうと、本部《ほんぶ》には誰《だれ》もいなくなってしまいます。もしまた別《べつ》の報告《ほうこく》が届《とど》いたら――そして結局《けっきょく》その通《とお》りになったのですが――誰《だれ》が連絡《れんらく》を受《う》ければいいのでしょうか。

わたしはすっかり、混乱《こんらん》してあたふたしてしまいました……。

そんな中《なか》、普段《ふだん》からいろいろ教《おし》えていただいている先輩《せんぱい》のビーナさんにきくことを思《おも》いつきました。そこでビーナさん宅《たく》へ、インター根《ね》っこ通信《つうしん》で、本部《ほんぶ》から緊急連絡《きんきゅうれんらく》したのです。

ビーナさんは、インター根《ね》っこによる連絡《れんらく》を受《う》け取《と》ってから、すぐに家《いえ》を出《で》てくださったようで――ビーナさんは、周《まわ》りの空気《くうき》を一瞬《いっしゅん》にして黄金色《こがねいろ》にでも変《か》えてしまいそうなほどのまぶしい笑顔《えがお》でうなずいています――ほどなくして、本部《ほんぶ》に来《き》てくださいました。」

続《つづ》きを少《すこ》しお願《ねが》いしますという意味《いみ》の合図《あいず》を、パレンさんはビーナさんにしました。

「おはようございます、みなさん。それでは交替《こうたい》して、パレンさんの続《つづ》きを報告《ほうこく》させていただきます。

本部《ほんぶ》からインター根《ね》っこ通信《つうしん》による緊急連絡《きんきゅうれんらく》が来《き》たことは、家《いえ》の樫《かし》の木《き》がザワザワザワと震《ふる》えて伝《つた》えてくれたことで、すぐに分《わ》かりました。

ただ、みなさんもご存知《ぞんじ》のように、動物《どうぶつ》と会話《かいわ》のできる木《き》じゃないと、具体的《ぐたいてき》な連絡内容《れんらくないよう》は確認《かくにん》できません。そこでわたしは、急《いそ》いで、会話《かいわ》のできるモミの木《き》トピカさんのいる出張所《しゅっちょうじょ》に行《い》って、その内容《ないよう》を確認《かくにん》しました。内容《ないよう》をきいて、もちろんびっくりしましたし、あわてて本部《ほんぶ》へ向《む》かいましたわ。本部《ほんぶ》に着《つ》いて、まず、すぐに署長《しょちょう》にお伝《つた》えするべき内容《ないよう》ではないかとパレンさんに提案《ていあん》しました。そして次《つぎ》に、事実《じじつ》かどうかを確認《かくにん》するために、できるだけ早《はや》いうちに、現場《げんば》を見《み》に行《い》くべきだと伝《つた》えました。

もし燃《も》えているなら、やはり一刻《いっこく》を争《あらそ》う事態《じたい》ですから。

そうこうしていると、また別《べつ》のフクロウさんが、新《あら》たな空《そら》メール便《びん》を持《も》ってきました。どうやら、また違《ちが》う事件《じけん》が起《お》きたようなのです。

今度《こんど》は、トナカイのプーレムさんからの話《はなし》でした。

その話《はなし》も、自分《じぶん》の耳《みみ》を疑《うたが》いたくなるような奇妙《きみょう》なものでした……。

突然《とつぜん》、轟音《ごうおん》がしたかと思《おも》うと、キラキラと光《ひか》る宝石《ほうせき》のようなものをつけた岩《いわ》が、さっきまで平《たい》らだった地面《じめん》の中《なか》から生《う》まれたようだというのです。

こうなると、もはやわたしたちだけにとどめるのではなく、夜間《やかん》であっても、署長《しょちょう》に連絡《れんらく》するべきだと判断《はんだん》しました。

そこでインター根《ね》っこ通信《つうしん》を使《つか》い、カーネル署長《しょちょう》にお伝《つた》えしました。」

ひとまず話《はな》すのをやめたビーナさんは、次《つぎ》をお願《ねが》いしますと、カーネルさんに軽《かる》くお辞儀《じぎ》をしました。

ビーナさんは、身《み》のこなしや見栄《みば》えなどのすべてが優雅《ゆうが》で、見《み》ている者《もの》をリラックスさせます。まるで色鮮《いろあざ》やかな蝶《ちょう》がその輝《かがや》く鱗粉《りんぷん》を空中《くうちゅう》にまき散《ち》らすかのように、ビーナさんは、辺《あた》りに魅惑的《みわくてき》な余韻《よいん》を残《のこ》します。まわりの保安官《ほあんかん》さんも、みんな、この緊急《きんきゅう》の課題《かだい》が頭《あたま》にあるにもかかわらず、少《すこ》し、ぼーっとしてしまっています。

「うぉっほん。おぉ、そうそう、そうじゃったのう。

そこでじゃ……、みんな続《つづ》きを話《はな》していいかのう？

わしは、インター根《ね》っこ通信《つうしん》の内容《ないよう》をきいて、既《すで》に雪《ゆき》でだいぶ白《しら》みはじめた道《みち》を急《いそ》ぎ、本部《ほんぶ》へ向《む》かったんじゃ。

事態《じたい》の全容《ぜんよう》を把握《はあく》したわしは、現場《げんば》へ保安官《ほあんかん》を向《む》かわせることにした。

……と言《い》うても、パレンは、まだまだ経験《けいけん》が浅《あさ》い。

そこで、保安官《ほあんかん》の中《なか》でも走《はし》るスピードと持久力《じきゅうりょく》には定評《ていひょう》がある、ベテラン保安官《ほあんかん》エルクのオムリに、代《か》わりに行《い》ってもらうことにしたんじゃ。

結局《けっきょく》、オムリとビーナに、それぞれフンベルさんとプーレムさんの所《ところ》へ行《い》って、話《はなし》をきき、現場《げんば》を見《み》てくるよう指示《しじ》したんじゃ。

じゃが、オムリの方《ほう》は、まだ戻《もど》っとらん……。

オムリは、足《あし》は早《はや》いんじゃが、すぐ道草《みちくさ》してしまう癖《くせ》があるからのう……。あの辺《あた》りは美味《おい》しいドングリがあるから、職務《しょくむ》を忘《わす》れておらんか、心配《しんぱい》じゃ。

とりあえず、戻《もど》ってきたばかりのビーナの報告《ほうこく》から、きくとしよう。

現地《げんち》からの空《そら》メール便《びん》でな、何《なに》やら……、保安官《ほあんかん》が集《あつ》まるのに、あさ底《ぞこ》ぬまの南端《なんたん》の『とげとげ岩《いわ》』が良《い》いと、ビーナが伝《つた》えてきたのでな、ここに集《あつ》まることにしたんじゃが……。」

夜中《よなか》に起《お》こされてから一睡《いっすい》もしていないため、少《すこ》し目《め》が充血《じゅうけつ》していますが、森《もり》を守《まも》るという責任感《せきにんかん》から、疲《つか》れを少《すこ》しも見《み》せないところが、カーネルさんの凄《すご》いところです。

「はい、実《じつ》は、そのことですがー」

ビーナさんが、続《つづ》いて話《はな》し始《はじ》めました。辺《あた》りには、優雅《ゆうが》な空気《くうき》が再《ふたた》び漂《ただよ》い始《はじ》めます。

「トナカイのプーレムさんと、深夜《しんや》に合流《ごうりゅう》して、そのまま現場《げんば》におもむき、大地《だいち》から轟音《ごうおん》と共《とも》に、急《きゅう》に生《う》まれたというキラキラ光《ひか》る石《いし》のようなものを付《つ》けた岩《いわ》を、調査《ちょうさ》してきました。

岩《いわ》についたキラキラ光《ひか》る石《いし》のようなものを、近《ちか》くで恐《おそ》る恐《おそ》る見《み》てきたのですが、どこかで見《み》たことがある……と思《おも》い始《はじ》めたんです。

そして急《きゅう》に思《おも》い出《だ》したんです。『とげとげ岩《いわ》』に付《つ》いているとげのことを。今《いま》こうして見《み》てみると、やっぱりそっくりですわ。あの岩《いわ》に付《つ》いていたキラキラした石《いし》と。」

みんなは報告《ほうこく》をきいて、夢見心地《ゆめみごこち》だった顔《かお》から、徐々《じょじょ》に興味《きょうみ》しんしんな顔《かお》つきへと変《か》わり始《はじ》めました。

「いや、……でもビーナさん？

この『とげとげ岩《いわ》』のとげは、塩《しお》っ辛《から》いよ……。おなかが痛《いた》くなった時《とき》、治《なお》すためにいつもなめるから、みんなも、知《し》っているよね？」

ずーっと黙《だま》って、うんうんうなずきながらきいていたベテラン保《ほ》安《あん》官《かん》ヤギのボアンソンさんが言《い》いました。

「ええ、確《たし》かに、そうですわね。

でも、その誕《たん》生《じょう》した岩《いわ》についていたキラキラも、塩《しお》っ辛《から》いんですの。」

「……、えー！」

まだ夢《ゆめ》見《み》心《ご》地《こち》な気《き》分《ぶん》が若《じゃっ》干《かんの》残《こ》っていた保《ほ》安《あん》官《かん》さんたちは、まるで顔《かお》に冷《つめ》たい水《みず》でも引《ひ》っ掛《か》けられたかのように、一《いっ》斉《せい》に驚《おどろ》いて、声《こえ》を上《あ》げてしまいました。

「やるわね。さすがビーナさんだわ。」

遠《とお》くからきき耳《みみ》をたてて木《き》の根《ね》っこの陰《かげ》から盗《ぬす》みぎきしていたフランちゃんも、思《おも》わず声《こえ》を出《だ》してしまいました。でも他《ほか》の保《ほ》安《あん》官《かん》さんたちの、わいわい言《い》う声《こえ》でかき消《け》され、見《み》つからずに済《す》みました。

「ちょっちょっと！ちょっと待《ま》ってくださいよ――。

ひぃ、ビーナさん。いいですか、ビーナさん……。

えっ、ひょっとして、その……、地面《じめん》から轟音《ごうおん》とともに生《う》まれたらしい、その岩《いわ》に付《つ》いていた、奇妙《きみょう》なキラキラをなめたと言《い》うのですか？」

「すごいな……。よくそんな根性《こんじょう》あるな。」

「おいおい、どんな毒《どく》があるか、分《わ》からないんだよ。怖過《こわす》ぎるよ……。」

保安官《ほあんかん》さんたちは、よほど驚《おどろ》いたのでしょう、なかなか落《お》ち着《つ》きません。

「ごぉっほん。……それで、ビーナや。今《いま》、体調《たいちょう》に異常《いじょう》はないのじゃな？」

いつになく心配《しんぱい》そうなカーネルさんの深《ふか》く優《やさ》しい声《こえ》で、ようやく静《しず》まりました。

「……はい、カーネル署長《しょちょう》。まったくいつもと変《か》わりありませんわ。

そして、断言《だんげん》できますが、あの岩《いわ》についていたキラキラとこの『とげとげ岩《いわ》』に付《つ》いているとげとげとは、同《おな》じ味《あじ》でした……。」

あまりにみんなに驚《おどろ》かれたことから、ビーナさんは、そんなに変《へん》なことをしたかしらという様子《ようす》で、少《すこ》し恥《は》ずかしそうです。

「そうじゃったか……、ほう、なるほどなるほど。それは興味深《きょうみぶか》いのう。どうやら、……礼《れい》を言《い》わねばならんのう。

おかげで我々《われわれ》の捜査《そうさ》は、一歩前進《いっぽぜんしん》したようじゃ。

だが、ビーナや……。見《み》たこともない得体《えたい》の知《し》れないものを捜査《そうさ》する時《とき》は、今後《こんご》、もう少《すこ》しだけ用心《ようじん》してくれるかの？

君《きみ》は、わたしたちみんなの大切《たいせつ》な大切《たいせつ》な仲間《なかま》だ。そんな君《きみ》に何《なに》かがあったら、ここにいるみんなが悲《かな》しむでの。

命《いのち》をいたずらに粗末《そまつ》にするような行《おこな》いは、勇気《ゆうき》とは言《い》わんからのう。」

カーネルさんは、優《やさ》しい目《め》で、そう微笑《ほほえ》みながら語《かた》りかけました。

あまりにもキラキラがきれいだったこともあり、ついなめてしまいました が、確《たし》かに、体《からだ》に悪影響《あくえいきょう》を及《およ》ぼさないという保証《ほしょう》はありません。色鮮《いろあざ》やかな毒《どく》キノコがあるように、見《み》た目《め》と中身《なかみ》がいつも一致《いっち》するとは限《かぎ》らないのです。

「はい、カーネル署長《しょちょう》。

これからは、注意《ちゅうい》して捜査《そうさ》するようにします……。」

ビーナさんも、自《みずか》らの行動《こうどう》が軽《かる》はずみだったと気《き》づきました。

「いやいや、分《わ》かればいいんじゃよ。

それでは、報告《ほうこく》の続《つづ》きをお願《ねが》いできるかの？」

カーネルさんが、にっこり笑《わら》って言《い》いました。

「了解《りょうかい》しました。

それで、……岩《いわ》の状況《じょうきょう》なんですが、地中《ちちゅう》から、ぽこっと押《お》し出《だ》されて出《で》てきたという様子《ようす》で、確《たし》かに大地《だいち》が生《う》みだした岩《いわ》と言《い》う感《かん》じでした。トナカイのプーレムさんの話《はなし》と一致《いっち》しています。

またもちろんですが、プーレムさんも、わざわざ夜《よる》に冗談《じょうだん》を言《い》って、大騒動《だいそうどう》を巻《ま》き起《お》こすような方《かた》ではありません。

現地《げんち》に行《い》ったわたしの結論《けつろん》としましては、プーレムさんが目撃《もくげき》して語《かた》っている話《はなし》は信《しん》じることができると思《おも》います。」

ビーナさんは、現場《げんば》の状況《じょうきょう》をなるべく頭《あたま》に思《おも》い浮《う》かべながら、話《はな》しました。

「ビーナや、ご苦労《くろう》じゃったのう。いろいろと大変《たいへん》じゃったろうて。今日《きょう》は、ゆっくりと休《やす》むんじゃよ。

さて、みんな、この不思議《ふしぎ》な出来事《できごと》をどう思《おも》うかね。ふむふむ。

わしとしては、やはり、とりあえずオーサ爺《じい》さんにききに行《い》くべきだと思《おも》うんじゃがのう。」

この森《もり》で、何《なに》か困《こま》った時《とき》やアドバイスが欲《ほ》しい時《とき》には、保安官《ほあんかん》さんたちでさえ、オーサ爺《じい》さんを頼《たよ》りにしています。

オーサ爺《じい》さんは、すごい昔《むかし》から、この土地《とち》で生《い》きていて、なんでも噂《うわさ》では、この世界《せかい》が誕生《たんじょう》した次《つぎ》の月《つき》には、もうしっかりと立《た》っていたということです、本当《ほんとう》なんでしょうか……。

オーサ爺《じい》さんにききに行《い》くという案《あん》に反対《はんたい》の意見《いけん》があろうはずもなく、保安官会議《ほあんかんかいぎ》はそこで終了《しゅうりょう》となりました。

急《いそ》ぎの用件《ようけん》なので、どうやら、今《いま》からカーネルさんが直接《ちょくせつ》オーサ爺《じい》さんのところへ向《む》かうようです。

モミの木《き》の根《ね》っこの陰《かげ》でひっそりと話《はなし》をきいていたフランちゃんは、すっかり興奮《こうふん》してしまっています。

「んー　もう……、どうして今日《きょう》は、いろいろと事件《じけん》があるのかしら。離《はな》れた所《ところ》からきいていたから、森《もり》の誰《だれ》が目撃《もくげき》したのかまでは、よくきこえなかったけれど、どうやら、とんでもない事件《じけん》が起《お》きたようね。

どれも大《だい》スクープばかりだわ。

ルーミルくんに早《はや》く会《あ》って教《おし》えてあげたいけど、まだね……。

オーサ爺《じい》さんが、カーネルおじさんに何《なん》て答《こた》えるのか、ききたいもの。

もうちょっとカーネルおじさんの尾行《びこう》を続《つづ》けるべきだわ。」

フランちゃんは、笑《え》みを浮《う》かべながら、ひっそりと立《た》ち上《あ》がり、あさ底《ぞこ》ぬまを背《せ》にして、森《もり》の中《なか》へ走《はし》って行《い》くカーネルさんの後《あと》を追《お》って、勢《いきお》いよく飛《と》び跳《は》ねて行《い》きました。

5　ベジタブレンの会《かい》

昨日《きのう》の雪《ゆき》は、ゴマゴマ泉《いずみ》の周《まわ》りにもどっしりと積《つ》もり、泉《いずみ》の中《なか》に今《いま》にも押《お》し寄《よ》せてきそうです。とは言《い》っても、泉《いずみ》の中《なか》まで凍《こお》りついてしまう心配《しんぱい》はいりません。なぜならどんなに寒《さむ》い時《とき》でも、ここの水《みず》は温《あたた》かいからです。

そのおかげで、森中《もりじゅう》が雪一色《ゆきいっしょく》になっても、泉《いずみ》の中《なか》では、鮮《あざ》やかな色《いろ》をしたさまざまな魚《さかな》や珊瑚《さんご》が互《たが》いの色《いろ》を競《きそ》い合《あ》っています。

そしてまたなぜかここでは、真冬《まふゆ》になっても、たくさんの果物《くだもの》が実《みの》り、食材探《しょくざいさが》しに困《こま》りません。

常《つね》に何《なん》らかの果物《くだもの》が実《み》を付《つ》け、動物《どうぶつ》たちのおなかを満《み》たしてくれるこのような場所《ばしょ》は、フォーランドの森《もり》の中《なか》では、他《ほか》にも何カ所《なんかしょ》かあります。

しかしこのゴマゴマ泉《いずみ》は、それらとは異《こと》なり、とりわけ特別《とくべつ》な場所《ばしょ》とされています。

その理由《りゆう》は、フォーランドの森《もり》のきまりで、ここがベジタブレンと呼《よ》ばれる動物《どうぶつ》たち専用《せんよう》の場所《ばしょ》とされているからです。ここで食材《しょくざい》を採《と》ってもいいのは、ベジタブレンだけとされているのです。

今朝《けさ》は、そのベジタブレンと呼《よ》ばれる動物《どうぶつ》たちの、大切《たいせつ》な集会《しゅうかい》が開《ひら》かれています。このような集会《しゅうかい》は、一年《いちねん》に何回《なんかい》か、定期的《ていきてき》に開《ひら》かれているようです。

「――そうです、お集《あつ》まりのみなさん。

わたしたちは、容姿《ようし》こそ異《こと》なりますが、みな同《おな》じような悩《なや》みを抱《かか》えています。残念《ざんねん》なことですが、周《まわ》りの他《ほか》の動物《どうぶつ》たちは、わたしたちベジタブレンのことを、まだまだ理解《りかい》してくれてはいません。

草食動物《そうしょくどうぶつ》たちから心《こころ》なくひどいことを言《い》われて、深《ふか》く傷《きず》つくことだってあります。肉食《にくしょく》の家族《かぞく》に打《う》ち明《あ》けることができない……、あるいは親友《しんゆう》に打《う》ち明《あ》けられない……、あるいは自《みず》らの種族自体《しゅぞくじたい》を疑《うたが》う……、こうした深刻《しんこく》な事態《じたい》にまでなっている方《かた》も、おられるでしょう。

そう、みなさんは、さまざまな苦悩《くのう》に耐《た》え、今日《きょう》、こうやって『ベジタブレンの会《かい》』に参加《さんか》しているのです。

ベジタブレンであり続《つづ》けることができたのは、苦《くる》しみを理解《りかい》してくれる仲間《なかま》がいたからです。

みなさん、共《とも》に悩《なや》みを語《かた》り合《あ》い、辛《つら》さを分《わ》かち合《あ》いましょう。

そして、これからも、次《つぎ》のことを草食動物《そうしょくどうぶつ》たちに伝《つた》えて、わたしたちについての誤解《ごかい》をなくしていきましょう！

『肉《にく》を食《た》べなくたって、わたしたち肉食動物《にくしょくどうぶつ》は十分《じゅうぶん》生《い》きて行《い》ける。一度《ひとたび》、果物《くだもの》のおいしさを心《こころ》から味《あじ》わってしまうと、もう二度《にど》と肉食《にくしょく》に戻《もど》ることなんてできない。だから、わたしたちを危険《きけん》と思《おも》うのは誤解《ごかい》だ。』と。

この世界《せかい》のみんなが、ベジタブレンのことを理解《りかい》してくれる、その日《ひ》まで、これからも活動《かつどう》していきましょう。

……と、それから――」

終《お》わりそうでなかなか終《お》わらない、長《なが》い開会《かいかい》の挨拶《あいさつ》を先《さき》ほどからしているのは、ベジタブレン協会《きょうかい》の会長《かいちょう》ギザギザワニのトムスさんです。

集《あつ》まっているのは、グリズリーベアさんたちやシロクマさんたち、それに白頭《はくとう》ワシさんやホークさんたちとワニさんたちなどです。

もう気《き》づいていますね。

そう、生《う》まれは肉食動物《にくしょくどうぶつ》なのに、信念《しんねん》や好《この》みの問題《もんだい》などから、肉《にく》を食《た》べるのを一切《いっさい》やめると誓《ちか》った動物《どうぶつ》たちのことを、みんなは**ベジタブレン**と呼《よ》んでいるのです。

このグループの中《なか》にいきなり入《い》れられるとベテランの保安官《ほあんかん》さんだって、ついついひるんで逃《に》げてしまいそうになる、そういった面々《めんめん》です。

でもよく見《み》ると、どのベジタブレンさんも穏《おだ》やかで、とても優《やさ》しい目《め》をしています。

「――ねぇねぇ、お母《かあ》さんっ。

ほんっとに、あの大《おお》きな音《おと》の後《あと》、お父《とう》さんが見《み》てきたっていう大《おお》きな岩《いわ》の話《はなし》は間違《まちが》いないのよね？

でもそれなら、保安官《ほあんかん》さんがうちに来《き》て、もう一回現場《いっかいげんば》に行《い》くっていう話《はなし》になった時《とき》に、どうしてお父《とう》さんはわたしも一緒《いっしょ》に連《つ》れて行《い》ってくれなかったのかしら……。」

両親共《りょうしんとも》に熱心《ねっしん》なベジタブレンの家《いえ》に育《そだ》ち、自分《じぶん》がグリズリーベアであることさえ嫌《いや》がるようになってしまい、今日《きょう》のこの集《あつ》まりさえ退屈《たいくつ》なバーリーちゃんが、隣《となり》にいるお母《かあ》さんグマのモレフニーさんに、小《ちい》さな声《こえ》で話《はな》しかけました。

「ええ、お父《とう》さんは本当《ほんとう》に見《み》たそうよ。

あなたも、あのものすごい大《おお》きな音《おと》はきいたでしょう？

お父《とう》さんは、何事《なにごと》かと思《おも》って、あわてて外《そと》に出《で》て見《み》てきたって、何度《なんど》も、昨夜《さくや》遅《おそ》くにあなたにお話《はなし》していたでしょう？
　でもそのことと、お父《とう》さんがあなたを連《つ》れて行《い》かなかった理由《りゆう》とは別《べつ》なのよ、バーリー。
　お父《とう》さんは、危《あぶ》な

いかもしれない場所《ばしょ》へあなたに行《い》って欲《ほ》しくないのよ。冒険《ぼうけん》とか、そういった男《おとこ》の子《こ》っぽい遊《あそ》びじゃなくて、もっと女《おんな》の子《こ》っぽい遊《あそ》びをして欲《ほ》しいのよ。」

お母《かあ》さんグマのモレフニーさんは、小《ちい》さな声《こえ》で優《やさ》しくバーリーちゃんを諭《さと》しました。


パチパチパチパチ、パチパチパチパチパチー。

泉《いずみ》に集《あつ》まった動物《どうぶつ》たちが、一斉《いっせい》に拍手《はくしゅ》をしました。

どうやら、トムスさんの話《はなし》が終《お》わったようです。

「はーい。分《わ》かりましたー。

ねぇ、お母《かあ》さん、もうルーミルくんたちのところに遊《あそ》びに行《い》っていいでしょ？会長《かいちょう》の長《なが》い長《なが》い挨拶《あいさつ》も、ようやく終《お》わったんだし……。」

バーリーちゃんは、退屈《たいくつ》でやりきれないという顔《かお》で、右腕《みぎうで》に付《つ》けている

マジョラムの葉《は》で編《あ》み込《こ》んだ、とてもきれいなブレスレットをいじってい
ます。
バーリーちゃんは、いつも流行《りゅうこう》のファッションに敏感《びんかん》です。
「あら、まだだめよ、バーリー。
ちゃんと、みなさんとのご挨拶《あいさつ》が終《お》わってからよ。
毎回《まいかい》、途中《とちゅう》で居《い》なくなるんだから、あなたは……。
あら、おはようございます、イゾラさん。」
会長《かいちょう》の挨拶《あいさつ》が終《お》わり、会員《かいいん》たちはそれぞれ、最近《さいきん》の状況《じょうきょう》などを語《かた》り合《あ》っ
ています。モレフニーさんたちのところに、とても大《おお》きなワニのイゾラお
ばさんが、近《ちか》づいてきました。
「おはよう、モレフニーさんとバーリーちゃん。
おやおや、バーリーちゃんは、また痩《や》せちゃったんじゃないかい？

この間見《あいだみ》た時《とき》より、また一段《いちだん》と細《ほそ》くなっちゃったみたいだけど……。

大丈夫《だいじょうぶ》かい？ちゃんと食《た》べているかい？」

長《なが》く大《おお》きな口《くち》の奥歯《おくば》に、さっきまで食《た》べていたパッションフルーツの切《き》れ端《はし》がまだ残《のこ》っていますが、イゾラおばさんは一向《いっこう》に気《き》にしていません。

「そうなんですよ、イゾラさん。

ダイエットだとかなんとか言《い》って、この子《こ》ったら全然《ぜんぜん》食《た》べないんですのよ……。

わたしがこの子《こ》くらいの時《とき》なんて、もっとたくさん食《た》べたものですけれどねえ。

この間《あいだ》も、うちのお隣《となり》にお住《す》まいのトナカイのフォールさんの奥《おく》さんが、ハチミツたっぷりのバナナイモのケーキをどっさりとくださったんですけれど、この子《こ》ったら、ハチミツには目《め》がないくせに二個《にこ》くらい食《た》べただけですのよ。

結局主人《けっきょくしゅじん》とわたしで、あっさり五十個《ごじゅっこ》（！）も食《た》べてしまったのですけどね。

おっほっほっほ。

あら、そう言《い》えば、奥《おく》さん。

主人《しゅじん》と話《はな》していたんですけどね、この前《まえ》のベジタブレンの会報《かいほう》葉《は》っぱをお読《よ》みになりました？

あれには、非常《ひじょう》に興味深《きょうみぶか》い内容《ないよう》が書《か》いてありましたわね。本当《ほんとう》に。

なんでしたかね、たしか会報《かいほう》によれば――」

話《はなし》が、あっと言《い》う間《ま》に、子供《こども》には分《わ》からない内容《ないよう》になってしまい、バーリーちゃんの退屈《たいくつ》も、いよいよ頂点《ちょうてん》に達《たっ》しています。

「……それにしても、昨夜《さくや》のびっくりするぐらいの大《おお》きな音《おと》とその後《あと》のお父《とう》さんの話《はなし》は、面白《おもしろ》かったわ。

眠気《ねむけ》なんて、一気《いっき》に吹《ふ》き飛《と》んでしまったもの。

煙《けむり》をあげながら一瞬《いっしゅん》で現《あらわ》れる岩《いわ》なんて……。

しかも大《おお》きさも、お父《とう》さんの十倍以上《じゅうばいいじょう》もあるって言《い》うじゃない！

そしてその岩《いわ》の上部《じょうぶ》は真《ま》っ赤《か》で、近《ちか》づくと、熱気《ねっき》が押《お》しよせ、まるで岩《いわ》が燃《も》えているようだったなんて……。

岩《いわ》って、燃《も》えるものなのかしら……。謎《なぞ》だわ。うーん、気《き》になるわね。

確《たし》か……、お父《とう》さんが見《み》に行《い》ったのは、『石柱原《せきちゅうはら》っぱ』の方《ほう》って言《い》っていたわ。

あそこは、木《き》も一本《いっぽん》も生《は》えていなくて、石《いし》の柱《はしら》しかない場所《ばしょ》……。

巨岩《きょがん》なんて他《ほか》にないはずだから、行《い》けばすぐ分《わ》かるわね、きっと。

ルーミルくんに教《おし》えてあげよう、こういう話大好《はなしだいす》きだもの。

でもその前《まえ》に、物知《ものし》り樫《かし》の木《き》のオーサ爺《じい》さんに会《あ》って、きいてみようかしら……。

オーサ爺《じい》さんだったら、大地《だいち》から生《う》まれてきたらしい巨岩《きょがん》が何《なん》なのか、きっと教《おし》えてくれるわ。」

バーリーちゃんは、そっとお母《かあ》さんの方《ほう》を見《み》ました。

お母《かあ》さんは、イゾラおばさんとベジタブレンについての記事《きじ》の件《けん》で、すっかり話《はな》し込《こ》んでいます。ただでさえ世間話《せけんばなし》が大好《だいす》きな二人《ふたり》です。ましてや、自分《じぶん》たちに深《ふか》く関《かか》わる問題《もんだい》を語《かた》り合《あ》っているのです。

そう簡単《かんたん》に、話《はなし》が終《お》わるはずもありません。

お母《かあ》さんは、バーリーちゃんの方《ほう》を背《せ》にしてイゾラおばさんと話《はなし》をしています。

こっそりこの場《ば》から抜《ぬ》け出《だ》す絶好《ぜっこう》のチャンスが、やって来《き》ました。

「お母《かあ》さんには悪《わる》いけど、他《ほか》の方《かた》との挨拶《あいさつ》の機会《きかい》はまたあるわ。ごめんね、お母《かあ》さん。」

ペロっと可愛《かわい》く舌《した》を出《だ》して、バーリーちゃんは、一歩《いっぽ》ずつ音《おと》をださないように、森《もり》の茂《しげ》みの方《ほう》へこっそり入《はい》って行《い》きました。

「わたしの体《からだ》が全部隠《ぜんぶかく》れるまで、ゆっくりよ、ゆっくり……。

あーもう！

どうして、わたしったら、こんなに体《からだ》が大《おお》きいのかしら。

嫌《いや》になるわね本当《ほんとう》に……、まだダイエットは当分続《とうぶんつづ》けなきゃだわ。」

グリズリーベアとしてなら、誰《だれ》が見《み》ても十分《じゅうぶん》に細《ほそ》いのですが、バーリーちゃんにしてみれば、理想《りそう》のスタイルには、まだ、ほど遠《とお》いそうです。

そう、問題《もんだい》なのは、バーリーちゃんの理想《りそう》としているスタイルが、グリズリーベアのそれではないという点《てん》なのです……。

「それにしても、ルーミルくんたちって、今《いま》どこにいるのかしら。朝《あさ》って言《い》っても、もう結構《けっこう》な時間《じかん》だしなぁ。後《あと》で探《さが》さなきゃ。」

ようやくバジルの茂《しげ》みに体全体《からだぜんたい》が隠《かく》れたバーリーちゃんは、森《もり》の中《なか》へ、一気《いっき》に走《はし》りだしました。

「ダイエット、ダイエット！

ちょっとでも走《はし》るわよ。

オーサ爺《じい》さんに、**やせ薬《ぐすり》**や**いくら食《た》べても太《ふと》らないドングリ**でもないか、ついでにきいてみよっと。」

6　オーサ爺《じい》さんの心配《しんぱい》ごと

森一番《もりいちばん》の物知《ものし》り樫《かし》の木《き》オーサ爺《じい》さんは、最近《さいきん》とても気《き》になっていることがあります。

「六百年《ろっぴゃくねん》に一度《いちど》、満天《まんてん》の星《ほし》が輝《かがや》く夜空《よぞら》の端《はし》に、**赤《あか》く輝《かがや》く星《ほし》**が出《で》てくる。そして　その星《ほし》が輝《かがや》き出《だ》してから、**九十九回目《きゅうじゅうきゅうかいめ》の夜《よる》**が過《す》ぎた、あくる日《ひ》の朝《あさ》、この森《もり》に・・・・・」という古《ふる》い言《い》い伝《つた》えを思《おも》い出《だ》したのです。

というのも少《すこ》し前《まえ》、オーサ爺《じい》さんがいつものように大《おお》きなあくびをしてから寝《ね》ようとしたちょうどそのとき、満天《まんてん》の夜空《よぞら》の端《はし》に、真《ま》っ赤《か》に輝《かがや》く大《おお》きな星《ほし》がでているのを見《み》つけたからです。

ところが困《こま》ったことに、言《い》い伝《つた》えの一番大切《いちばんたいせつ》な最後《さいご》の部分《ぶぶん》が、どうしても思《おも》い出《だ》せないのです。

「九十九回目《きゅうじゅうきゅうかいめ》の夜《よる》が過《す》ぎたあくる日《ひ》の朝《あさ》、この森《もり》に一体何《いったいなに》が起《お》きるんじゃったかの……。」

いつもは落《お》ち着《つ》いているオーサ爺《じい》さんも、そわそわしています。フォーランドの森《もり》には、オーサ爺《じい》さんほどではないにしても、年《とし》を取《と》った木《き》は、他《ほか》にもたくさんいます。

でも、木《き》の根《ね》っこ同士《どうし》のつながりによる根《ね》っこ通信《つうしん》──そう、インター根《ね》っこ通信《つうしん》です──を使《つか》って古《ふる》い言《い》い伝《つた》えの続《つづ》きの部分《ぶぶん》を、他《ほか》の木《き》たちにきいてみたのですが、そんなものは教《おそ》わったことがないと言《い》われるばかりでした。

森《もり》の木々《きぎ》は、その幹《みき》や枝《えだ》に生活《せいかつ》の中《なか》で学《まな》んだ情報《じょうほう》や知識《ちしき》を蓄《たくわ》えていきます。しかし、それらが満《まん》タンになってこぼれてしまいそうな時《とき》には、葉《は》っぱを使《つか》います。

つまり、よく使《つか》う情報《じょうほう》とそうでないものを分《わ》けて、あまり使《つか》わない情報《じょうほう》を葉《は》っぱへ移《うつ》し、それらの中《なか》でも重要《じゅうよう》な情報《じょうほう》を蓄《たくわ》えた葉《は》っぱは、木《き》でできた箱《はこ》─**葉《は》イルボックス**と呼《よ》ばれています─に保存《ほぞん》し、重要《じゅうよう》でない情報《じょうほう》は落《お》ち葉《ば》として地面《じめん》に落《お》とすのです。

オーサ爺《じい》さんの幹《みき》の中《なか》にも、このような葉《は》イルボックスが、規則正《きそくただ》しくたくさん保管《ほかん》されています。赤《あか》い星《ほし》についての言《い》い伝《つた》えは、よく使《つか》うものではないので葉《は》っぱに移《うつ》しました。でも重要《じゅうよう》な情報《じょうほう》だったので、その葉《は》っぱは、葉《は》イルボックスの中《なか》に入《い》れたはずなのです。なのに、葉《は》イルボックスの中《なか》を、いくらひっくり返《かえ》して探《さが》してみても見《み》つかりません。

「ふ──む。どうしてしもうたかのう……。記憶《きおく》を葉《は》っぱにつめた時《とき》、分別《ぶんべつ》を間違《まちが》えてしもうたか……。」

葉《は》っぱをより分《わ》けたのが最近《さいきん》だったのなら、シマリスさんたちにでも頼《たの》んで、周辺《しゅうへん》の落《お》ち葉《ば》を探《さが》してもらうのですが、相当昔《そうとうむかし》に分《わ》けたので、とっくになっているはずです。

「まぁ、しょうがないわい……。そのうち、また思《おも》い出《だ》す良《い》いヒントも出《で》てくるだろうて……。」

そう言《い》ってみたものの、オーサ爺《じい》さんの心配《しんぱい》は、しばらく解決《かいけつ》しそうにありません。


そうこうしているうちに、いつもより早《はや》い時期《じき》に積《つ》もった雪《ゆき》がフォーランドの森中《もりじゅう》で話題《わだい》となった今朝《けさ》になりました。森《もり》の動物《どうぶつ》たちにとってみれば、とても珍《めずら》しい珍騒動《ちんそうどう》ですが、オーサ爺《じい》さんにとっては、既《すで》に何度《なんど》も経験済《けいけんず》みの現象《げんしょう》です。

オーサ爺《じい》さんはいつもとても優《やさ》しく親切《しんせつ》で、そして物知《ものし》りで頭《あたま》も良《い》いため、いろんな動物《どうぶつ》たちが、悩《なや》みごとや争《あらそ》いごとの相談《そうだん》にやってきます。

相談者《そうだんしゃ》は朝《あさ》からオーサ爺《じい》さんのところにやってきては、整理《せいり》しないま
ま、ひとしきり話《はな》すので、今日《きょう》もオーサ爺《じい》さんは大忙《おおいそが》しです。
「――**だから**、前《まえ》に借《か》りた百《ひゃく》ドングリは、きっちりと利子《りし》をつけてこの
春《はる》に返《かえ》したはずだよ！」
シマリスのドランさんは、かんかんに怒《おこ》っています。
「いやいや、そうじゃないわ。春《はる》に返《かえ》してもらった百《ひゃく》ドングリは、ドラン、
あんたが違《ちが》う時《とき》にわたしから借《か》りた別《べつ》のドングリ分《ぶん》だったはずだよ。
だから今回《こんかい》、わたしが請求《せいきゅう》しているドングリ分《ぶん》とは違《ちが》うはずよ。
そう、**別《べつ》ドングリよ！**
わたしはね、あんたに貸《か》してあげた時《とき》に記録《きろく》した葉《は》っぱも持《も》っているん
だから。

オーサ爺《じい》さん。

なんとか言《い》ってやってくださいな、この分《わ》からず屋《や》のシマリスさんに。」

モモンガのグリータさんも負《ま》けていません。

「いやいや、そうお二人《ふたり》さんとも熱《あつ》くならないようにできんのかい？

同《おな》じ森《もり》の住民《じゅうみん》じゃろうが……。

ふーむ。ところで、ドランさんは、いつ、誰《だれ》から、何《なに》を借《か》りて返《かえ》したのかを記録《きろく》しているのかね？」

なるべく二人《ふたり》を刺激《しげき》しないように、優《やさ》しくオーサ爺《じい》さんはききました。

「ふん、そんなもん、いちいち記録《きろく》なんて残《のこ》したりしちゃいませんよ。

こっちも忙《いそが》しいんですから……、えっ？どれくらい忙《いそが》しいかって？

あまりに忙《いそが》しすぎてシマリス界《かい》の親方《おやかた》のボン兄貴《あにき》なんて、この森《もり》を出《で》て失踪《しっそう》しちゃったって噂《うわさ》ですよ……。だって家《いえ》に、たんまりとドングリを残《のこ》したまま、ある日《ひ》、市場《いちば》へ行《い》ったっきり帰《かえ》ってこないし……。

まぁとにかく！そんな忙《いそが》しい日々《ひび》なもんで、ざっくりと、いつも必要《ひつよう》になったら借《か》りて、返《かえ》しているだけですよ。」

あっけらかんと、ドランさんは答《こた》えます。

とんだ「**どんぶり勘定**《かんじょう》」ならぬ、「**ドングリ勘定**《かんじょう》」です。

やはりドランさんは、返《かえ》していないのでしょうか？

「ふ――む。

グリータさんや。それじゃ、お前《まえ》さんが記録《きろく》した葉《は》っぱとやらを、見《み》せてくれるかの？

なになに、ふむふむ。

あれあれ？グリータさんは、『**ドレンさん**に、百《ひゃく》ドングリ』と書《か》いてあるけれどものう……。この記録《きろく》葉《は》っぱではの……。」

ドランさんには、弟《おとうと》のドレンさんが確《たし》かにいます。
「ええ！あれれ？
・・・・・・・・・・・・・・・・・・。
……そう、そうでしたわね。おっほっほっほ。
ドランさんに貸《か》したんじゃなくて、ドレンさんでしたわ。
わたし、そう言《い》ってなかったですかね？
ドレンさんよ、そうそう。
あなたは、ドレンさんじゃないわよね？
……そう、そうよね……。
……うふふ、わたくしったら、もううっかり屋《や》さんね。
あら、ちょっと、用事《ようじ》を思《おも》い出《だ》しましたわ。ごめんあそばせ。」
モモンガのグリータさんは真《ま》っ赤《か》な顔《かお》をして、大急《おおいそ》ぎでその場《ば》を飛《と》んでいってしまいました。

ドランさんの方《ほう》は、自分《じぶん》が正《ただ》しかったことが分《わ》かって、大満足《だいまんぞく》で帰《かえ》って行《ゆ》きます。

「やれやれ……、これで、一件落着《いっけんらくちゃく》のようじゃな。

さてさて次《つぎ》は、何《なに》かの。」

オーサ爺《じい》さんは、苦笑《にがわら》いをしながら辺《あた》りを見回《みまわ》しました。

森《もり》の北側《きたがわ》の方《ほう》に目《め》をやると、とびきり元気《げんき》な二人組《ふたりぐ》みがこちらを目指《めざ》して走《はし》ってやって来《く》るのが見《み》えました。

どうやら、次《つぎ》の相談者《そうだんしゃ》のようです。

オーサ爺《じい》さんは、先頭《せんとう》を元気良《げんきよ》く走《はし》っているうさぎさんを見《み》て、心《こころ》から嬉《うれ》しく、そして同時《どうじ》に懐《なつ》かしくなりました。

「森《もり》のユウ」と呼《よ》ばれた、うさぎのブレーさんそっくりの走《はし》り方《かた》だったからです。

オーサ爺《じい》さんは、ブレーさんのことが大好《だいす》きです。年齢《ねんれい》こそ、比較《ひかく》にならないほど違《ちが》いましたが、互《たが》いを信頼《しんらい》しあい、森《もり》で起《お》きたさまざまな問題《もんだい》を、一緒《いっしょ》に議論《ぎろん》して解決《かいけつ》したものでした。

「森《もり》のユウ」とは、オーサ爺《じい》さんが名付《なづ》けたブレーさんの呼《よ》び名《な》です。森《もり》の友達《ともだち》という意味《いみ》の「友《ゆう》」でもあり、勇《いさ》ましいという意味《いみ》の「勇《ゆう》」でもあり、フォーランドの動物《どうぶつ》たちの優《すぐ》れた指導者《しどうしゃ》という意味《いみ》での「優《ゆう》」でもあり、その他《ほか》いろいろな意味《いみ》を込《こ》めて、そう名付《なづ》けたのでした。

今《いま》でも、ブレーさんとの思《おも》い出《で》については、オーサ爺《じい》さんのとても太《ふと》い幹《みき》の真《ま》ん中《なか》の一番重要《いちばんじゅうよう》な部分《ぶぶん》に、大切《たいせつ》に保管《ほかん》してあり、決《けっ》して葉っぱ《は》に移動《いどう》したりはしません。

「ブレーやい。まったく、あやつめ、今頃《いまごろ》どこでどうしておるかの。ルーミルは、あのように、しっかりとまっすぐに育《そだ》っておるぞ。まぁ……、もちろん、おぬしに似《に》よって無茶《むちゃ》をするところはあるし、いやいや、その辺《へん》においては、おぬし以上《いじょう》かもしれんがな……。」

オーサ爺《じい》さんは、ぶつぶつ独《ひと》り言《ごと》を言《い》っています。

ルーミルくんが生《う》まれて間《ま》もない頃《ころ》に、「森《もり》のユウ」は、遠《とお》い遠《とお》いところへ出《で》かけ、フォーランドの森《もり》に襲《おそ》いかかろうとしていた危機《きき》を未然《みぜん》に救《すく》ったのでした。

その後《あと》、「この世界《せかい》のために、やらなきゃいけないことがある。」とだけ言《い》い残《のこ》して、さらなる旅《たび》に出《で》かけてしまい、いくら待《ま》ってもフォーランドの森《もり》に帰《かえ》ってこないのでした。

そのため、心《こころ》の少《すこ》しひねくれた動物《どうぶつ》たちは、フォーランドの森《もり》を救《すく》ってもらったことなどすっかり忘《わす》れて、「とっくに、死《し》んじまったんじゃないか？」なんて言《い》い出《だ》す始末《しまつ》です。

でもオーサ爺《じい》さんは、ブレーさんが死《し》んだなんて、ちっとも考《かんが》えていません。

むしろ、そういうことを言《い》い出《だ》す動物《どうぶつ》たちを見《み》かける度《たび》に、激《はげ》しくかんかんに怒《おこ》ります。

「あやつは、生《い》きとるわい！まったくもって、失礼《しつれい》じゃのう！とっても時間《じかん》のかかる、重要《じゅうよう》な何《なに》かに取《と》り組《く》んでおるんじゃよ、きっと。たった一人《ひとり》で、困難《こんなん》な問題《もんだい》に立《た》ち向《む》かっておるんじゃぞ？そんな時《とき》に、フォーランドの森《もり》のみんなが、心《こころ》の底《そこ》から応援《おうえん》せんでどうするんじゃや！」

オーサ爺《じい》さんが、顔《かお》を真《ま》っ赤《か》にして、怒《おこ》って話《はな》す時《とき》のいつもの台詞《せりふ》です。

オーサ爺《じい》さんの独《ひと》り言《ごと》は、まだ続《つづ》いているようです。

「――とは言《い》うても不憫《ふびん》なのは、ルーミルのことじゃ……。お母《かあ》さんのマーブレンも病気《びょうき》がちじゃし、一人《ひとり》ぼっちじゃ、寂《さび》しいからのう……。おぬしのことも、よく質問《しつもん》してくるぞ。お父《とう》さんは、子供時代《こどもじだい》、どんなうさぎだったの？とか、どういう遊《あそ》びをしていたの？とかじゃな……。お、安心《あんしん》してよいぞ、子供《こども》のころの、おぬしの悪《わる》さは、さすがに隠《かく》しておいてあるでの。

ルーミルが、おぬしのような立派《りっぱ》なうさぎに育《そだ》つよう、わしらフォーランドの森《もり》の木々《きぎ》は、一致団結《いっちだんけつ》してあの子《こ》を守《まも》っとるぞ。だから、安心《あんしん》してよいぞ、わしらの『森《もり》のユウ』よ。安心《あんしん》して、今取《いまと》りかかっておるはずの課題《かだい》に専念《せんねん》してくれい。

じゃがの……、もし、それが終《お》わったら、少《すこ》しでいい……、少《すこ》しでいいから、おぬしの元気《げんき》な姿《すがた》を、ルーミルに見《み》せてやってくれぃ。

フォーランドの森《もり》は、おぬしの帰《かえ》りを、いつまでも待《ま》っとるからの。」

オーサ爺《じい》さんは、しわだらけの節《ふし》で囲《かこ》まれた、大《おお》きくとても優《やさ》しい目《め》に、うっすらと涙《なみだ》をうかべながら、ブレーさんを思《おも》い出《だ》していました。

「おはようございます。オーサ爺《じい》さん！」

オーサ爺《じい》さん目指《めざ》し走《はし》ってきて、ようやく到着《とうちゃく》したうさぎのルーミルくんと穴堀《あなほ》りモグラのキーファくんは、まるで練習《れんしゅう》してきたかのように、同《おな》じタイミングで挨拶《あいさつ》をしました。

「ふぉっふぉっふぉ。やぁ、おはよう、ルーミルとキーファ。

さてさて今日《きょう》は、どんな用件《ようけん》かの？」

オーサ爺《じい》さんは、待《ま》っていましたといった様子《ようす》で、ニコニコしてききました。

「オーサ爺《じい》さん、エルクのバンブルさんが見《み》たっていう**おばけモミの木《き》**の話《はなし》、もう既《すで》にきいていますか？」

ルーミルくんは、すっかり夢中《むちゅう》になった顔《かお》をして話《はな》します。

こういった話《はなし》に強《つよ》く興味《きょうみ》を示《しめ》す様子《ようす》も、お父《とう》さんとよく似《に》ていて、オーサ爺《じい》さんは、嬉《うれ》しそうに話《はなし》をきいています。

「僕《ぼく》たち、バンブルさんが目撃《もくげき》した場所《ばしょ》を探《さが》して、おそらくここだと思《おも》う所《ところ》を見《み》つけたんです。そこで、その周辺《しゅうへん》で**おばけモミの木《き》**の痕跡《こんせき》がないか、調《しら》べました。

そうしたら、一部分《いちぶぶん》だけ雪《ゆき》がとけて、下《した》から地面《じめん》が見《み》えている所《ところ》があって、そこに、僕《ぼく》の握《にぎ》りこぶしより少《すこ》し大《おお》きいくらいの穴《あな》が空《あ》いているのを発見《はっけん》したんです。

ひょっとして**おばけの巣《す》**かなと思《おも》って、出《で》てくるまで待《ま》っていたんですけど……、結局出《けっきょくで》てきませんでした。

オーサ爺《じい》さんは、**モミの木《き》のおばけ**について、何《なに》か知《し》っていますか？」

ルーミルくんは、握《にぎ》りこぶしを見《み》せながら、ききました。

「ふむふむ、今朝《けさ》あさ底《ぞこ》ぬまで、シマリスのワージュラさんが話《はな》し回《まわ》っていたという、あの話《はなし》じゃな。その話《はなし》をききたいろんな動物《どうぶつ》たちが、慌《あわ》ててわしに伝《つた》えに来《き》てくれてのう。

そうか、おぬしらの耳《みみ》にも入《はい》っておったんじゃな。ふぉっふぉっふぉ。

しかしのう、わしが思《おも》い出《だ》せるかぎりの記憶《きおく》の中《なか》で、**モミの木《き》のおばけ**なんてものは、これまできいたことはなかったのう……。

ましてや、**おばけの巣《す》**なんてもんものう……。」

オーサ爺《じい》さんは、思《おも》い当《あ》たるふしがないか考《かんが》えながら答《こた》えました。

「ふーん。そうでしたか。」

期待《きたい》していたような答《こた》えが得《え》られず、ルーミルくんはちょっぴり残念《ざんねん》そうです。

とその時《とき》、ルーミルくんたちの背後《はいご》から、**ドドッドドッドドッ**という音《おと》とともに、大《おお》きな動物《どうぶつ》が走《はし》って来《き》ました。昨夜《さくや》の雪《ゆき》ですっかり足《あし》が埋《う》まってしまい走《はし》りにくくなっている道《みち》をものともせずに、さっそうと走《はし》ってきたのは、パイソン保安官《ほあんかん》のカーネルさんでした。

「いやいや、ルーミルくんじゃないか、おはようおはよう。

元気《げんき》そうじゃな。

ときにマーブレンさんの体調《たいちょう》はどうじゃな？

おや、キーファくんもいたんだね。おはよう。」

カーネルさんは、ルーミルくんに向《む》かって、心配《しんぱい》そうにたずねました。

「おはようございます、カーネルおじさん。

お母《かあ》さんは、夏《なつ》の頃《ころ》より、大分良《だいぶよ》くなってきているようです。

それにしても、今日《きょう》はずいぶんお急《いそ》ぎなようですね。」

「おはようございます、カーネルおじさん。」

ルーミルくんとキーファァくんは、何《なに》か事件《じけん》があったのかと興味《きょうみ》しんしんな面持《おもも》ちで、それぞれ挨拶《あいさつ》をしました。保安官署長《ほあんかんしょちょう》が急《いそ》いでオーサ爺《じい》さんのところに来《き》たのです。興味《きょうみ》を抱《いだ》かずにいられるわけがありません。

「そうかそうか、お母《かあ》さんは、快方《かいほう》に向《む》かっておるのじゃな。

そりゃ、良《よ》かった。安心《あんしん》したわい。

心配《しんぱい》しとったんじゃよ。忙《いそが》しくて、夏頃《なつごろ》から会《あ》っとらんからのう。

うん？急《いそ》いどるかって。

あぁ、そうじゃとも、そうじゃったとも。

ちょっとばかり、大切《たいせつ》な仕事《しごと》の件《けん》で、オーサ爺《じい》さんにききたいことがあっての。

君《きみ》たちは、もう用《よう》は済《す》んだのかのう？

そうかそうか。

それじゃ、おじさんに順番《じゅんばん》を代《か》わってくれるかのう？

ああ、そうかい。ありがとう。

うんうん、またのう。」

カーネルさんは、ルーミルくんたちにウインクをしたあと、オーサ爺《じい》さんの前《まえ》に近《ちか》づきました。

仕事《しごと》の話《はなし》だということで、なんとなくルーミルくんとキーファくんは、きいてはいけないようなので、オーサ爺《じい》さんとカーネルさんに挨拶《あいさつ》をして、その場《ば》から離《はな》れました。

少《すこ》し歩《ある》きだしたその時《とき》です。

ポンッ。

小《ちい》さなドングリが、いきなりルーミルくんの頭《あたま》にぶつかりました。

ルーミルくんは歩《ある》くのを止《や》めて、どこから飛《と》んで来《き》たのか、辺《あた》りを見渡《みわた》しました。

その時《とき》、草《くさ》やぶの中《なか》から誰《だれ》かがルーミルくんの名《な》を、小《ちい》さな声《こえ》で呼《よ》んでいるのがきこえました。

声《こえ》がする草《くさ》やぶをのぞいてみると、なんと中《なか》にいたのは、フランちゃんでした。フランちゃんは、ルーミルくんたちに気付《きづ》いて欲《ほ》しく、それでいて大《おお》きな声《こえ》を出《だ》したくなかったので、ドングリを投《な》げたのでした。

「あれ？おはよう！フランちゃん。

こんなところでなにを

ー」

ルーミルくんは、仲間《なかま》の突然《とつぜん》の登場《とうじょう》にびっくりして、大《おお》きな声《こえ》で話《はな》しかけてしまいました。

「しーーっ！

大《おお》きな声《こえ》を出《だ》しちゃだめよ。ルーミルくん。

おはよう。

今朝《けさ》の雪《ゆき》はびっくりね。

それにキーファくんも

一緒《いっしょ》なのね、おはよう、おはよう。」

「……しかし、こりゃまた変《か》わった登場《とうじょう》の仕方《しかた》だね。」

キーファくんも、ルーミルくんと一緒《いっしょ》になって、フランちゃんのいる茂《しげ》みに頭《あたま》を突《つ》っ込《こ》んで答《こた》えます。

「ルーミルくん、わたし、あなたに伝《つた》えたいことが、たくさんあるのよ。実《じつ》はね、あさ底《ぞこ》ぬまの南《みなみ》にほら、『とげとげ岩《いわ》』があるじゃない、あそこでさっき、保安官《ほあんかん》さんたちが集《あつ》まって捜査《そうさ》の会議《かいぎ》をしていたんだけど、わたし、その内容《ないよう》をきいちゃったのよ。

その内容《ないよう》がね、大変《たいへん》な話《はなし》なの。

なんでも、昨日《きのう》、事件《じけん》が起《お》きたらしいのよ。

それでね、わたし、こっそりとカーネルおじさんの後《あと》をつけているの。

ちょっと、あなたたちも、しっかりと隠《かく》れなさいよ。

見《み》つかっちゃうじゃない。」

中途半端《ちゅうとはんぱ》な姿勢《しせい》で話《はなし》をきいていた彼《かれ》らに向《む》かって、フランちゃんが言《い》いました。

「ん?あぁ、そうだね。ごめんよ。」

カーネルさんとオーサ爺《じい》さんの会話《かいわ》がよほど気《き》になるのか、ルーミルくんは気《き》もそぞろで応《おう》じました。草《くさ》やぶに隠《かく》れた二人《ふたり》にフランちゃんは、保安官《ほあんかん》さんたちの会話《かいわ》していた内容《ないよう》を、かいつまんで教《おし》えてあげました。

フランちゃんの話《はなし》をきいているうち、ルーミルくんは、その内容《ないよう》にとても興奮《こうふん》し始《はじ》めました。

「そっかー、そんな大事件《だいじけん》が昨日《きのう》に起《お》こっていたんだ!

知《し》らなかったよ、どうもありがとう。

そうなると、オーサ爺《じい》さんとカーネルおじさんが一体今《いったいいま》、何《なに》を話《はな》しているのか、より一層気《いっそうき》になるね、耳《みみ》を澄《す》ませてきかなくちゃ。」

ルーミルくんがそう言《い》うと、一同《いちどう》は一斉《いっせい》に草《くさ》やぶの中《なか》から耳《みみ》を出《だ》し、カーネルさんたちの方《ほう》へ傾《かたむ》けました。

「――というわけで、ヘラジカ保安官《ほあんかん》ビーナが言《い》うには、トナカイのプーレムさんが見《み》たという、地面《じめん》から生《う》まれたらしい大《おお》きな岩《いわ》には、あさ底《ぞこ》ぬまの南端《なんたん》にある『とげとげ岩《いわ》』についているのとそっくりのものが付《つ》いていたらしいんじゃ……。

どういうことか、わしらには、さっぱり見当《けんとう》がつかないんじゃ。

もし何《なに》か、知《し》っとったら教《おし》えてくださらんか。」

フランちゃんの話《はなし》によれば、昨日《きのう》の保安署《ほあんしょ》への事件《じけん》の報告《ほうこく》は、二件《にけん》あったはずです。

どうやらカーネルさんは、その二件《にけん》のうちビーナさんによる現場確認《げんばかくにん》が済《す》んだ方《ほう》の事件《じけん》だけに的《まと》をしぼって、オーサ爺《じい》さんにたずねているようです。

「なるほどのう……。インター根《ね》っこ回線《かいせん》のうち、保安官専用《ほあんかんせんよう》になっとる回線《かいせん》はわしにもつながっとるから、昨夜《さくや》の時点《じてん》での話《はなし》なら、だいたい知《し》っとるがのう……。

そうか、そうじゃったたか。」

オーサ爺《じい》さんの顔《かお》は、長《なが》い年月《ねんげつ》からすっかりしわだらけになっていますが、とても優《やさ》しい顔《かお》をしていいます。その顔中《かおじゅう》のしわを最大《さいだい》に増《ふ》やして、考《かんが》え込《こ》んでいます。

「ふ――む。どうかのう……。何《なに》か、今回《こんかい》の事件《じけん》と似《に》たことがあったような気《き》もするんじゃ……。だけども思《おも》い出《だ》せそうで、思《おも》い出《だ》せんのう。わしの記憶《きおく》は、ずいぶん前《まえ》からあるでの……。最近《さいきん》は、重要《じゅうよう》なことなのに、すぐに思《おも》い出《だ》せないことが多《おお》くて困《こま》っとるんじゃや。

少《すこ》し時間《じかん》をくれんかのう。思《おも》い当《あ》たるふしがないか、もうちょっと考《かんが》えてみるでの。何《なに》か思《おも》い出《だ》して、保安官《ほあんかん》さんたちの役《やく》に立《た》てそうなら、インター根《ね》っこ通信《つうしん》でそちらに連絡《れんらく》するでのう。」

オーサ爺《じい》さんは、ほんの少《すこ》しだけ、思《おも》い当《あ》たるふしがあるような顔《かお》をしたのですが、カーネルさんに伝《つた》えませんでした。

何《なに》か思《おも》うところがあるのかもしれません。

「それではわたしの方《ほう》は、引《ひ》き続《つづ》き、捜査《そうさ》が残《のこ》っているので、この辺《へん》で失礼《しつれい》させていただくとしますよ。

まったく昨夜《さくや》は事件《じけん》が多《おお》くて、大変《たいへん》でしてな。それでは、また何《なに》か情報《じょうほう》などがありましたら、ご連絡《れんらく》のほう、よろしく頼《たの》みますぞ。ではまた。」

カーネルさんはそう言《い》うと、くるりと体《からだ》を森《もり》の方《ほう》に向《む》けて、ドドンッという音《おと》を立《た》てて高《たか》く飛《と》び上《あ》がり、地面《じめん》に着地《ちゃくち》したと同時《どうじ》にさっそうと走《はし》って行《い》きました。

オーサ爺《じい》さんとカーネルさんの会話《かいわ》は、やってきたときに出《で》た汗《あせ》もまだ乾《かわ》いていないくらいの短《みじか》い時間《じかん》でした。

「あら、カーネルおじさんが、どんどん先《さき》に行《い》ってしまう……。ねぇ……、どうしたらいいか分《わ》からないわ。カーネルおじさんを追《お》いかけたほうがいい？それとも、オーサ爺《じい》さんに、今《いま》の会話《かいわ》について、いろいろたずねてみたほうがいいのかしら？」

フランちゃんは、みるみる遠《とお》ざかっていくカーネルさんの姿《すがた》を見失《みうしな》わないよう必死《ひっし》に目《め》で追《お》いかけながら、ルーミルくんに話《はな》しかけました。

「どうだろう……、カーネルおじさんのあとをつけていっても、どこまでもついていけるわけではないよね……。さすがに保安署《ほあんしょ》の本部《ほんぶ》の中《なか》まで入《はい》ることはできないだろうから……。

それならむしろ、カーネルおじさんがたずねた内容《ないよう》について、オーサ爺《じい》さんに、いろいろきいてみるほうがいいかもしれない。

キーファは、どう思《おも》う？」

ルーミルくんは、今盗《いまぬす》みぎきした話《はなし》の内容《ないよう》にすっかり興奮《こうふん》しているキーファくんに話《はな》しかけました。

「そうだね、ルーミル。もし保安署本部《ほあんしょほんぶ》の中《なか》まで、こっそりと潜入《せんにゅう》するんだったら、地下《ちか》からだよね……。それはそれで面白《おもしろ》そうだけど……。でも、もしそうするなら、潜入《せんにゅう》のための準備《じゅんび》をしてからのほうが良《い》いとおいら、思《おも》うな。」

キーファくんは、にやっと笑《わら》いながら答《こた》えました。

ルーミルくんたちは、隠《かく》れていたやぶの中《なか》からゆっくりと出《で》てきました。その時《とき》、後《うし》ろの方《ほう》から、また別《べつ》の誰《だれ》かが、オーサ爺《じい》さんのところにやって来《き》ます。

ドルッドルッと重《おも》い音《おと》を響《ひび》かせ、雪《ゆき》の積《つ》もった地面《じめん》をものともせず確実《かくじつ》につかんで力強《ちからづよ》く走《はし》ってくるのは、女《おんな》の子《こ》のグリズリーベアです。

辺《あた》りのモミの木《き》の枝《えだ》に止《と》まっていた鳥《とり》たちは、驚《おどろ》いて飛《と》んで行《い》ってしまいました。

確《たし》かに他《ほか》の森《もり》とは異《こと》なり、フォーランドの森《もり》の中《なか》では、肉食動物《にくしょくどうぶつ》が他《ほか》の動物《どうぶつ》を襲《おそ》ってはいけないきまりになってはいます。だから安心《あんしん》なはずなのですが……、それでもやはり、このようにクマが勢《いきお》いよく走《はし》ってくると、みんな怖気《おじけ》づき、つい逃《に》げてしまうのです。

辺《あた》りに一瞬緊張《いっしゅんきんちょう》が走《はし》りましたが、ルーミルくんは、走《はし》って来《き》たのが誰《だれ》か、すぐ理解《りかい》して微笑《ほほえ》みました。


「あら、ルーミルくんとキーファくん、それにフランちゃん！

ちょうど探《さが》していたところなのよ、あなたたちを！

ちょっと、オーサ爺《じい》さんに先《さき》に用《よう》があると言《い》えばあるんだけどね。」

さっきまでゴマゴマ泉《いずみ》にいて、退屈《たいくつ》な集《あつ》まりをこっそり抜《ぬ》け出《だ》して来《き》たバーリーちゃんです。

「あれ？　バーリーちゃん、今朝《けさ》はたいせつな集《あつ》まりがあるって、言《い》ってなかったっけ？」ルーミルくんはききました。

「**たいせつ**じゃなくて、**たいくつ**よ。**たいくつ**。」

バーリーちゃんはペロッと舌《した》を出《だ》して、微笑《ほほえ》みながら言《い》いました。

「実《じつ》はね、ルーミルくん、すごく面白《おもしろ》い話《はなし》があるのよ。

昨夜《さくや》、お母《かあ》さんが作《つく》ってくれたクルミスープの晩《ばん》ごはんを食《た》べ終《お》わって、後片付《あとかたづ》けもして、そろそろ眠《ねむ》ろうとしていた時《とき》にね、突然外《とつぜんそと》で『**ゴオーン**』という、とっても大《おお》きな音《おと》がしたの。

まぁ……、その大《おお》きな音《おと》の前《まえ》に、何《なに》かが起《お》こるような、そんな気《き》はしたのよ。

だって……、大好《だいす》きなクルミスープを、少《すこ》しだけ木《き》コップに入《い》れて残《のこ》しておいたんだけど、テーブルに置《お》いていたそのスープの表面《ひょうめん》が、何《なに》もしてないのに波打《なみう》っていたのを見《み》たのよ。お父《とう》さんたちに言《い》ったって、信《しん》じてくれなかったんだけど……。

音《おと》をきいて慌《あわ》ててお父《とう》さんが外《そと》に出《で》てみたら、ほら雪《ゆき》が降《ふ》っていたでしょ、そんな中《なか》でも、モビーク山《やま》の方《ほう》で、夜空《よぞら》に向《む》けて赤《あか》くはっきりした光《ひかり》が出《で》ている場所《ばしょ》が見《み》えたんだって。気《き》になるから、お父《とう》さんが見《み》に行《い》ったのよ……。

そうしたら、昨日《きのう》まで何《なに》もなかった場所《ばしょ》に、なんとね、とっても大《おお》きな岩《いわ》が、燃《も》えるように煙《けむり》を出《だ》しながら出現《しゅつげん》していたんだって。」

バーリーちゃんは、とてもすごいことを話《はな》しているのよという顔《かお》で、みんなに昨日《きのう》あった事件《じけん》を話《はな》しました。

「**ええ！**モビーク山《やま》に急《きゅう》に現《あらわ》れた赤《あか》く光《ひか》る岩《いわ》って言《い》えば……。

フランちゃんからきいた話《はなし》の一《ひと》つ目《め》の事件《じけん》だ……。僕《ぼく》たちも今《いま》、保安官《ほあんかん》さんたちの会話《かいわ》をきいたフランちゃんから、その事件《じけん》について教《おし》えてもらったところなんだよ。

そうだったんだ！

その事件《じけん》を目撃《もくげき》したのは、バーリーちゃんのお父《とう》さんだったんだね。

そしてバーリーちゃんも音《おと》をきいたんだ。すごい体験《たいけん》だよ、それは！

それにしても、昨夜《さくや》は、いろんな事件《じけん》が起《お》きていたんだなぁ……。」

ルーミルくんは、謎《なぞ》が多《おお》すぎて嬉《うれ》しくて困《こま》っているといった表情《ひょうじょう》です。

「あら、モビーク山《やま》での事件《じけん》のことは、もう知《し》っていたのね……。

え？

他《ほか》にも事件《じけん》があったの？なになに？何《なに》があったの？」

バーリーちゃんは、朝《あさ》からお母《かあ》さんとゴマゴマ泉《いずみ》へ行《い》っていたため、まだ他《ほか》の事件《じけん》については何《なに》もきいていなかったのです。

フランちゃんが、おばけモミの木《き》の話《はなし》や、キラキラ光《ひか》る石《いし》をつけた岩《いわ》の話《はなし》を教《おし》えてあげました。

「ふーん、いろんな事件《じけん》が、他《ほか》でも起《お》こっていたのね……。ルーミルくんが言《い》ったように、どうして昨夜《さくや》のうちに、こんなにたくさんの事件《じけん》が起《お》きたのかしら？」

バーリーちゃんも、今教《いまおし》えてもらった他《ほか》の事件《じけん》にすっかり興味《きょうみ》しんしんです。

「どうだろう、そろそろオーサ爺《じい》さんにたずねてみようよ。」

ルーミルくんたち一行《いっこう》は、またオーサ爺《じい》さんの前《まえ》に行《い》きました。

オーサ爺《じい》さんは、ヤギのフォンブッフさんの相談《そうだん》が終《お》わったばかりで、ちょうど一息《ひといき》ついたところでした。

「やぁ、お前《まえ》さんたち。また来《き》たんだね。

おや、今度《こんど》はフランとバーリーも一緒《いっしょ》だね。おはよう……というかそろそろこんにちはと言《い》ったほうが良《い》い時間《じかん》じゃのう。

さてさて、今度《こんど》はどんなお話《はなし》かな。」

オーサ爺《じい》さんは、さきほどのヤギさんの相談《そうだん》で使《つか》ったのか、古《ふる》い記憶《きおく》をつめた昔《むかし》の葉《は》っぱを大切《たいせつ》な木《き》の箱《はこ》に入《い》れて戻《もど》しています。

「オーサ爺《じい》さん、実《じつ》はね、わたしの家《いえ》の近《ちか》くで昨日《きのう》――」

バーリーちゃんがまず、昨夜《さくや》のモビーク山《やま》で起《お》こった事件《じけん》を話《はな》しました。

「地面《じめん》から、燃《も》えながら生《は》えてくる岩《いわ》なんて、わたしきいたことがなかったんですけど、オーサ爺《じい》さんは、そんな岩《いわ》を知《し》っていますか？

どういう岩《いわ》なのかしら……。」

バーリーちゃんは、ズバズバといきなり本題《ほんだい》に入《はい》ります。

「おぉ、そうかそうか、そうじゃったな。
グリズリーベアのフンベルは、バーリーのお父《とう》さんじゃものな。
その事件《じけん》は、保安官《ほあんかん》さんたち専用《せんよう》のインター根《ね》っこ回線内《かいせんない》で昨夜《さくや》流《なが》れて
おった捜査情報《そうさじょうほう》の一《ひと》つじゃったから、わしもきいておったぞ。
わしも今《いま》、考《かんが》えておるところじゃ……。
ふむ――、なんじゃ、お前《まえ》さんたち、まさか見《み》に行《い》こうとか思《おも》とりゃせ
んかの。いや、別《べつ》に危険《きけん》じゃからやめとけとまでは言《い》わんがのう……。
止《と》めても、行《い》くと決《き》めたら、お前《まえ》さんたちのことじゃ、どうせ行《い》ってし
まうじゃろ？
と言《い》うても、身《み》を守《まも》るのに役立《やくだ》つ話《はなし》を、せめてあと一《ひと》つや二《ふた》つぐらい、
教《おし》えておきたい気分《きぶん》じゃのう……。普段《ふだん》から、お前《まえ》さんらには折《おり》に触《ふ》れて
いろいろ伝《つた》えてきたつもりじゃが……、さてさて、いざその時《とき》となったら、

果《は》たしてしっかり教《おし》えてこれたのか、自信《じしん》ないもんじゃのう……。

考《かんが》えてみれば、ルーミル、おぬしのお父《とう》さんに対《たい》しても、そうじゃったわ……。」

教《おし》えてあげるべきことをオーサ爺《じい》さんが探《さが》していると、ルーミルくんが口《くち》を開《ひら》きました。

「ねぇ、オーサ爺《じい》さん……、僕《ぼく》たち、実《じつ》はこっそりとカーネルおじさんとオーサ爺《じい》さんが話《はな》しているのを、きいてしまったんです。」

ひょっとしたら、オーサ爺《じい》さんに怒《おこ》られてしまうかもしれません。でも、この件《けん》について、どうしてもオーサ爺《じい》さんと話《はな》したいので、ルーミルくんは覚悟《かくご》の上《うえ》で告白《こくはく》したのでした。

「ふふふふ。

なぁに、お前《まえ》さんたちが、きいとったのは、とうに知《し》っとったわい。もちろん盗《ぬす》みぎきは感心《かんしん》できることじゃないが、お前《まえ》さんたちの場合《ばあい》、おそらくこの森《もり》のことを思《おも》うてのことじゃろう？」

オーサ爺《じい》さんは、ルーミルくんに対《たい》して、にっこりと笑《わら》って、答《こた》えました。

ルーミルくんは、本当《ほんとう》に森《もり》のためだったと言《い》えるか自信《じしん》がなく、単《たん》なる好奇心《こうきしん》からだったかもしれないと反省《はんせい》し、オーサ爺《じい》さんからの熱《あつ》い信頼《しんらい》に背《そむ》いたように感《かん》じ、申《もう》し訳《わけ》なく思《おも》いました。

「オーサ爺《じい》さん……。

カーネルおじさんが話《はな》していたキラキラのくっついた岩《いわ》の事件《じけん》に、モビーク山《やま》での巨岩事件《きょがんじけん》、それと、ほら今朝《けさ》話題《わだい》になっているバンブルさんが見《み》たという**おばけモミの木《き》**の事件《じけん》、これらが昨日《きのう》に起《お》きたんですよね……。わずか一晩《ひとばん》のうちに、こんなに、たくさんの事件《じけん》が、起《お》きるんですね……。」

ルーミルくんの隣《となり》にいたキーファくんが、オーサ爺《じい》さんに言《い》いました。

「ふむふむ、なんじゃろう、キーファや。なにか、疑問《ぎもん》があるのかのう？」

今度《こんど》はオーサ爺《じい》さんが、キーファくんに質問《しつもん》しました。

「いえ、おいらも、それ以上《いじょう》なにか考《かんが》えているわけではないんです。でも、奇妙《きみょう》な事件《じけん》が一気《いっき》に起《お》きたので、さっきルーミルと話《はなし》をしていて、なんとなく変《へん》だなぁと……。」

キーファくんは、急《きゅう》に質問《しつもん》されてびっくりしながら答《こた》えました。

「つながっている……。」

その時《とき》、ルーミルくんが、集中《しゅうちゅう》した時《とき》に見《み》せる、頭《あたま》の真《ま》ん中《なか》の毛《け》を逆立《さかだ》たせた表情《ひょうじょう》をしてつぶやきました。

「これらの奇妙《きみょう》な事件《じけん》が、すべてつながっているとしたらどうでしょうか？

もしこれらの事件《じけん》がすべて本当《ほんとう》だったとして、それらがつながっている としたら？

そうだとしたら、そのつながる事件《じけん》たちの背後《はいご》に、もっと重大《じゅうだい》で良《よ》くない何《なに》かが潜《ひそ》んでいるような気《き》がします。」

ルーミルくんは、今話《いまはな》している内容《ないよう》に自分《じぶん》でも興奮《こうふん》しながら、オーサ爺《じい》さんにききました。

「う――む……。

いやいや、さすがじゃのう、ルーミルよ。やっぱり血《ち》は争《あらそ》えんのう。奇妙《きみょう》な事件《じけん》というものは、一《ひと》つ一《ひと》つが、個性的《こせいてき》で際立《きわだ》っておる。だから普通《ふつう》は、その一《ひと》つ一《ひと》つの事件《じけん》ばかりに、目《め》が行《い》ってしまうもんじゃ。

だが、確《たし》かにお前《まえ》さんの言《い》うように、仮《かり》にそれらがつながりあっているとしたら、今度《こんど》は、一《ひと》つ一《ひと》つの事件《じけん》の謎《なぞ》というよりも、それらの背後《はいご》に潜《ひそ》んでいるかもしれない何《なに》かの方《ほう》が、はるかに重要《じゅうよう》になってくる。

そういう風《ふう》に言《い》われると、最近《さいきん》わしが気《き》になっている星《ほし》の件《けん》ともつながっとるんじゃないかと、また心配《しんぱい》になってきたわい……。

いやいや、実《じつ》はの、星《ほし》の件《けん》と言《い》うのはな――」

オーサ爺《じい》さんもすっかり、ルーミルくんたちとの話《はなし》に熱《ねつ》が入《はい》り、最近《さいきん》ずっと気《き》になっていた赤《あか》い星《ほし》と思《おも》い出《だ》せない記憶《きおく》について説明《せつめい》しました。

「あら、オーサ爺《じい》さんでも、思《おも》い出《だ》せないことがあるのね。」

話《はなし》をきいていたバーリーちゃんが、意外《いがい》そうに話《はな》しました。

「ふぉっふぉっふぉ、恥《は》ずかしいことじゃが、その通《とお》りなんじゃや。」

優《やさ》しい目《め》でオーサ爺《じい》さんは、バーリーちゃんに答《こた》えます。

「全然《ぜんぜん》恥《は》ずかしいことではないです。だってオーサ爺《じい》さんは、誰《だれ》よりも年《とし》を取《と》っているので、その分《ぶん》、貯《た》まった記憶《きおく》の量《りょう》も多《おお》いはずですもの。」

ずっと黙《だま》ってみんなの話《はなし》をきいていたフランちゃんが話《はな》しました。

「ねぇ、オーサ爺《じい》さん。

僕《ぼく》たちで、何《なに》かお手伝《てつだ》いできることはないですか？

気《き》になって仕方《しかた》が無《な》いんです。この雪《ゆき》だって明《あき》らかに、いつもの年《とし》より
も早《はや》い時期《じき》に積《つ》もったし、やっぱり何《なに》か変《へん》です。」

頭《あたま》の毛《け》を逆立《さかだ》たせたまま、辺《あた》りの雪《ゆき》をみつめ、ルーミルくんが話《はな》します。

「ルーミルや。すべてが一《ひと》つの原因《げんいん》でつながっとるのかもしれんし、あるいは、そのうちのいくつかはそうではないのかもしれんぞ。

まぁ、もちろん、つながっとらんものが、たとえあったとしても、つながっとる残《のこ》りの背後《はいご》に潜《ひそ》む何《なに》かを探《さぐ》ることが、とても重要《じゅうよう》であることに変《か》わりはないがのう。

まこと大事《だいじ》なのは、何《なに》ものにも惑《まど》わされない信念《しんねん》と理屈《りくつ》、そして時《とき》には一歩《いっぽ》引《ひ》いて大《おお》きく物事《ものごと》を捉《とら》えようとする姿勢《しせい》じゃのう。

そうかい、手伝《てつだ》ってくれるとな……、ふむ……、では、お前《まえ》さんたちに、何《なに》かを頼《たの》むとするかのう……。

すでに保安官《ほあんかん》さんたちが、昨夜《さくや》起《お》きた事件《じけん》のいくつかを必死《ひっし》で捜査《そうさ》しておるところじゃ。他《ほか》の事件《じけん》も遅《おそ》かれ早《はや》かれ捜査《そうさ》の対象《たいしょう》になるじゃろうて。

みんながみんな、同《おな》じことを調《しら》べる必要《ひつよう》もなかろう。

ここは一歩《いっぽ》違《ちが》う角度《かくど》で、事件《じけん》を考《かんが》えてみたいもんじゃ……。

ふ――む……。

どうじゃ、お前《まえ》さんたち。

それなら、わしの思《おも》い出《だ》せん記憶《きおく》の、続《つづ》きの部分《ぶぶん》を探《さが》してみる気《き》はないかのう？

むろんこれが、昨夜《さくや》の事件《じけん》となんらかの形《かたち》でつながっているか、あるいは、事件《じけん》の裏《うら》に潜《ひそ》む何《なに》かを知《し》る良《い》い手《て》がかりになるかもしれんと思《おも》うておるからじゃ。

しかし、これはのう、ちょっとした旅《たび》というか、そう、冒険《ぼうけん》となるし、それなりに危険《きけん》もあるでのう……、やるとなると、ある程度《ていど》の覚悟《かくご》が必要《ひつよう》じゃ。お前《まえ》さんたちには、まだちょっと早《はや》い気《き》もするがのう……。

ふむ、まぁ、いいじゃろう。なぁに、役者《やくしゃ》もそろっておるしのう。」

オーサ爺《じい》さんは、ルーミルくんたちにウインクしながら話《はな》しかけました。

ルーミルくんは大喜《おおよろこ》びですが、仲間《なかま》の意見《いけん》も確認《かくにん》しようとみんなの方《ほう》を見《み》ました。

全員《ぜんいん》の目《め》は嬉《うれ》しそうに輝《かがや》いていて、もちろん、みんな同意見《どういけん》のようです。

こんな日《ひ》のために、さんざん冒険《ぼうけん》のたね穴《あな》ぐらで、冒険《ぼうけん》の夢《ゆめ》を語《かた》り合《あ》ってきたのですから。

そう、ついにその冒険《ぼうけん》の扉《とびら》を開《あ》ける時《とき》が来《き》たのです。

「オーサ爺《じい》さん、僕《ぼく》たちにそんな大事《だいじ》な仕事《しごと》を与《あた》えてくれて、どうもありがとうございます！僕《ぼく》たち、是非《ぜひ》やりたいです。

絶対《ぜったい》に、無事《ぶじ》やり遂《と》げてみせます！」

ルーミルくんは、意気《いき》高《たか》らかに答《こた》えました。

「そうか、やってくれるかの……、ふむ。

それでは、これから細《こま》かい話《はなし》をするでの、どうじゃ、お前《まえ》さんたち、わしの幹《みき》の中《なか》に入《はい》らんかね？」

オーサ爺《じい》さんは、みんなにたずねました。

「**えー？**

オーサ爺《じい》さんって、幹《みき》の中《なか》に空洞《くうどう》ってありましたっけ？」

キーファくんは、驚《おどろ》き過《す》ぎて声《こえ》がすっかり、うわずってしまっています。

「ふぉっふぉっふぉっふぉ。

実《じつ》はな、あるんじゃやな、これが。

特別《とくべつ》な時《とき》に特別《とくべつ》な者《もの》にしか開《あ》けん特別《とくべつ》な場所《ばしょ》でな、普段《ふだん》、外《そと》から見《み》ても

分《わ》からんようになっておるんじゃ。知《し》っとる者《もの》も少《すく》なかろう。さてさて。」

ガサガサガサガサガサ、ガサガサガサガサガサ、ガサガサガサガサ。

オーサ爺《じい》さんの太《ふと》い幹《みき》の根元《ねもと》で、たくさん伸《の》び出《で》ている根《ね》っこたちが、

急《きゅう》に揺《ゆ》れ始《はじ》め、まるで大《おお》きな蜘蛛《くも》のように動《うご》きだしました。

しばらく続《つづ》いた動《うご》きが収《おさ》まると、突然《とつぜん》、たくさんの根《ね》っこたちの間《あいだ》に、

ルーミルくんたちがぎりぎり入《はい》れるくらいの大《おお》きさの隙間《すきま》ができました。

さらによく見《み》ると、その隙間《すきま》の奥《おく》には、オーサ爺《じい》さんの幹《みき》のちょうど真下《ました》

辺《あた》りまで潜《もぐ》るための、らせん状《じょう》の階段《かいだん》が登場《とうじょう》しているではありませんか！

中《なか》は薄暗《うすぐら》いのですが、足下《あしもと》はなんとか見《み》えます。

先頭《せんとう》にルーミルくん、次《つぎ》にフランちゃんそしてバーリーちゃん、最後《さいご》にキーファくんという順番《じゅんばん》で階段《かいだん》を降《お》りていきました。階段《かいだん》を十五段《じゅうごだん》くらい降《お》りたところに踊《おど》り場《ば》があり、そこでは、うっすらと太陽《たいよう》の光《ひかり》が入《はい》ってきています。

そして今度《こんど》は、上《うえ》へと続《つづ》

く階段《かいだん》があり、一行《いっこう》はその階段《かいだん》を上《あ》がって行《い》きました。らせん状《じょう》の階段《かいだん》は、カタツムリの殻《から》のように、ぐるぐると回《まわ》りながら上《うえ》へと続《つづ》いていて、上《うえ》に行《い》くほど明《あか》るくなってきました。進《すす》み続《つづ》けて百段目《ひゃくだんめ》くらいでしょうか、とうとう階段《かいだん》を上《あ》がりきったようです。

明《あか》るくとても広《ひろ》い部屋《へや》の前《まえ》に出《で》ました。

こんな部屋《へや》がオーサ爺《じい》さんの幹《みき》の中《なか》にあるなんて、外《そと》からしか見《み》ていないと、誰《だれ》も想像《そうぞう》できないでしょう。

誰《だれ》が書《か》いたのか分《わ》かりませんが、部屋《へや》の入《い》り口《ぐち》の上部《じょうぶ》には、「ダルメルーム」と書《か》かれた、木《き》でできた小《ち》さな可愛《かわい》い板《いた》が、かかっています。

少《すこ》し中《なか》に入《はい》った辺《あた》りには、特別大《とくべつおお》きなドングリがたくさん並《なら》べられている棚《たな》があります。ここまで大《おお》きく立派《りっぱ》なドングリを見《み》ることは、ほとんどありません。みんな、これに興味《きょうみ》をもったのですが、ダルメルームには、もっと注目《ちゅうもく》してしまうものがありました。

それは天井《てんじょう》です。

天井《てんじょう》の真《ま》ん中《なか》に、誰《だれ》が描《えが》いたのか、とても大《おお》きな奇妙《きみょう》な絵《え》が描《えが》かれているのです。ルーミルくんたちの誰《だれ》も見《み》たこともきいたこともないような、変《へん》な生《い》き物《もの》が描《えが》かれているのです。羽《はね》の生《は》えた馬《うま》のような絵《え》もありますが、いつも見《み》かけるような馬《うま》でないことは確《たし》かです。なぜなら、羽根《はね》だけでなく、角《つの》も頭《あたま》に生《は》えているのですから……。他《ほか》にも見《み》るからに恐《おそ》ろしい動物《どうぶつ》もいますが、どれも見《み》たことがありません。

「なんだろう、あの動物《どうぶつ》たちは。誰《だれ》がどこで何《なに》を見《み》て描《えが》いたのかな……。」

ルーミルくんは、独《ひと》り言《ごと》を言《い》いました。

樹皮《じゅひ》の薄《うす》くなった部分《ぶぶん》を透過《とうか》して、太陽光《たいようこう》があちらこちらから入《はい》って来《き》て、部屋《へや》の中《なか》を黄金色《こがねいろ》に照《て》らしています。

壁《かべ》には、文章《ぶんしょう》やメモが書《か》かれた古《ふる》い葉《は》っぱが、いくつか貼《は》られています。

「ねぇ、ルーミルくん。これって……、あなたのお父《とう》さんが書《か》いたメモじゃないかしら？ブレーっていうサインが書《か》いてあるわよ！」

壁《かべ》のメモを丹念《たんねん》に見《み》ていたフランちゃんが、驚《おどろ》いてルーミルくんに話《はな》しかけました。

「えっ？本当《ほんとう》？」

天井《てんじょう》に描《えが》かれている奇妙《きみょう》な絵《え》を興味深《きょうみぶか》そうに見《み》ていたルーミルくんは、慌《あわ》ててフランちゃんのいる場所《ばしょ》まで飛《と》んで来《き》て、メモを見《み》てみました。

お父《とう》さんがいなくなったのは、ルーミルくんがまだ幼《おさな》い頃《ころ》だったので、お父《とう》さんが文字《もじ》を書《か》いている光景《こうけい》は憶《おぼ》えていません。

でもお母《かあ》さんから、お父《とう》さんの書《か》いた手紙《てがみ》をもらって、大切《たいせつ》に保管《ほかん》していつも眺《なが》めているので、お父《とう》さんの字《じ》は見間違《みまちが》えようもありません。壁《かべ》に貼《は》られたそのメモを一目見《ひとめみ》て、ルーミルくんは、それがまぎれもなくお父《とう》さんのメモであることが分《わ》かりました。

思《おも》ってもいなかった場所《ばしょ》で、お父《とう》さんが残《のこ》していったものに出会《であ》えたのです。ルーミルくんは、とても嬉《うれ》しくなりました。

そしてまた、「お父《とう》さんが、来《き》ていた場所《ばしょ》に僕《ぼく》も来《き》ている。」――そう思《おも》うと、なんだかどこかでお父《とう》さんとつながっているような、そんな暖《あたた》かな空気《くうき》に包《つつ》まれた気持《きも》ちになりました。

お父《とう》さんが行《い》ったいろんな場所《ばしょ》へ、自分《じぶん》もこれから先《さき》どんどん訪《おとず》れていく――そうすることで、お互《たが》いの心《こころ》が**インター根《ね》っこ**みたいに、つながりあえるんじゃないか、そんな気《き》がしてきました。

残念《ざんねん》ながら、残《のこ》されたメモにはよく分《わ》からない地図《ちず》のようなものが書《か》かれているだけで、名前《なまえ》の他《ほか》は読《よ》み取《と》れませんでした。
他《ほか》にもお父《とう》さんの書《か》いたメモがないか、辺《あた》りを探《さが》してみましたがありませんでした。
「さてさて、みんな部屋《へや》に入《はい》ったようじゃな。ふぉっふぉっふぉっふぉ。
意外《いがい》に中《なか》が広《ひろ》くて驚《おどろ》いたじゃろう。
部屋《へや》の中《なか》には、色々《いろいろ》なものが置《お》いてあるじゃろう？
それらについては、またの機会《きかい》に、おいおい話《はなし》をするとしよう。
お、そうそう、ルーミルや。
ここは、お父《とう》さんもよく来《き》ておった部屋《へや》なんじゃぞ。
ブレーが来《き》ておった頃《ころ》が懐《なつ》かしいわい。
さてと、話《はなし》を始《はじ》めるかの。」
ルーミルくんたちは、幹《みき》の中《なか》にある部屋《へや》にいるので、オーサ爺《じい》さんの顔《かお》が見《み》えません。部屋《へや》の天井辺《てんじょうあた》りから、オーサ爺《じい》さんの声《こえ》だけがきこえてきます。

外《そと》で話《はな》す声《こえ》とは違《ちが》って、確《たし》かにしわがれてはいますが、とても深《ふか》みのある声《こえ》で、オーサ爺《じい》さんってこんな声《こえ》をしていたんだとルーミルくんたちは、改《あらた》めて驚《おどろ》きました。

「赤《あか》い星《ほし》の言《い》い伝《つた》えでわしの記憶《きおく》にある限《かぎ》りのものは、さっき話《はな》したとおりじゃ。

知《し》っとるとは思《おも》うが、わしら木《き》は、記憶《きおく》がいっぱいになると、あまり使《つか》わん記憶《きおく》を葉《は》っぱに移《うつ》すんじゃが、わしはどうやら、うっかりして分《わ》け間違《まちが》えてしまったらしい……。その言《い》い伝《つた》えを入《い》れた葉《は》っぱが見《み》つからないんじゃや。

それでな、赤《あか》い星《ほし》の言《い》い伝《つた》えについて知《し》っとる者《もの》を探《さが》したんじゃが、残念《ざんねん》ながら、この辺《あた》りにはおらんかった。なにせ、相当古《そうとうふる》い言《い》い伝《つた》えだからのう……。

思《おも》うに、これくらい古《ふる》い言《い》い伝《つた》えを知《し》っとる木《き》となると、わしの次《つぎ》くらいに年《とし》を取《と》っている木《き》じゃないとだめなようじゃ……。フォーランドの森《もり》の外《そと》に、一本《いっぽん》、思《おも》い当《あ》たる木《き》がおるんじゃ。古《ふる》い言《い》い伝《つた》えを知《し》っているとすれば、おそらく、その木《き》ぐらいじゃろう……。

そこで、その木《き》を訪《たず》ねてもらいたいんじゃよ。

その木《き》がおる場所《ばしょ》なんじゃがな、ふむ。

モビーク山《やま》を越《こ》えて、そのさらに先《さき》にそびえ立《た》つグレーク山《ざん》のふもと辺《あた》りに、クリスタル池群《いけぐん》と言《い》われておる、小《ちい》さな池《いけ》が集《あつ》まっている場所《ばしょ》がある。とてもきれいな池《いけ》らしくてのう、なんでも水《みず》がどこまでもきれいに透《す》き通《とお》っていて、底《そこ》がくっきりと見《み》えるそうじゃ。

その池《いけ》たちの北側《きたがわ》あたりに鍾乳洞《しょうにゅうどう》の洞《どう》くつがあり、その中《なか》、そう、洞《どう》くつの中《なか》にその木《き》はおるそうなんじゃ。

大《おお》きなセコイアの木《き》でのう、みんなから『希望《きぼう》の結晶《けっしょう》』と呼《よ》ばれておる。

『希望《きぼう》の結晶《けっしょう》』のおる辺《あた》りはモビーク山《やま》より北《きた》なので、インター根《ね》っこ通信《つうしん》が、この森《もり》とはつながっておらん。モビーク山《やま》の尾根《おね》を境《さかい》に、北側《きたがわ》と南側《みなみがわ》の森《もり》は、インター根《ね》っこ通信《つうしん》が分断《ぶんだん》されとるのをお前《まえ》さんたちも知《し》っとるじゃろう?

だから、フォーランドの森《もり》の中《なか》でこの木《き》のことを知《し》っとるもんは、あまりおらん。わしも、噂《うわさ》できいたくらいで、詳《くわ》しくは知《し》らんのじゃ。

しかし、この『希望《きぼう》の結晶《けっしょう》』じゃったら、言《い》い伝《つた》えの記《き》憶《おく》をあるいは持《も》っとるかもしれん。

うん?フクロウの空《そら》メール便《びん》で、きいてみたらどうかって?

ふぉっふぉっふぉっふぉ。

とっくに試《ため》してみたわい。

『教《おし》えて欲《ほ》しいことがある。』と言《い》うてフクロウに行《い》ってもらったんじゃが……。噂《うわさ》にはきいとったんじゃが、『希《き》望《ぼう》の結《けっ》晶《しょう》』は、ものすごい変《か》わり者《もの》らしくてのう……。

よっぽどのことじゃないと、会《かい》話《わ》すらしてくれんらしいのじゃ。

結局《けっきょく》、わしが頼《たの》んだフクロウとも、一切《いっさい》話《はな》してくれんかったわ……。

そこで、いよいよ、お前《まえ》さんたちの出番《でばん》というわけじゃ。

そう、『希《き》望《ぼう》の結《けっ》晶《しょう》』がおる所《ところ》まで行《い》って、ことの重大性《じゅうだいせい》を伝《つた》えて、なんとか心《こころ》と口《くち》を開《ひら》いてもらい、赤《あか》い星《ほし》についての記憶《きおく》の続《つづ》きの部分《ぶぶん》をききだして来《き》て欲《ほ》しいんじゃ。

まぁ、わしも、言《い》い伝《つた》えのことは、これまでは軽《かる》く調《しら》べてみただけで、頭《あたま》の片隅《かたすみ》に置《お》いていたくらいだったんじゃ。大騒《おおさわ》ぎしたものの、結果《けっか》がたいしたことなかったなんてこともありうる。むやみに、みんなを心配《しんぱい》させるのは良《よ》くないでのう。それにそもそも、この言《い》い伝《つた》えが悪《わる》いことについてなのか良《い》いことについてなのかも分《わ》からんし……。

しかし、そうこうしているうちに、昨夜《さくや》の一連《いちれん》の奇妙《きみょう》な事件《じけん》が起《お》こったんじゃや。

実《じつ》を言《い》うと、この一連《いちれん》の事件《じけん》には、思《おも》い当《あ》たるふしがなくはないんじゃや。むろん、まだまだ推測《すいそく》の域《いき》を出《で》んから、誰《だれ》にも言《い》えんがのう……。

じゃが、先《さき》ほどからのお前《まえ》さんたちの話《はなし》をきいておったら、ひょっとしたらひょっとするかもしれんと、不安《ふあん》になってきたんじゃ……。そう、推測《すいそく》の域《いき》を飛《と》び出《だ》してくるかもしれんとな。

そうなると、頭《あたま》の片隅《かたすみ》に置《お》いていただけだった言《い》い伝《つた》えのことが、ますます気《き》になってきよった。

それにのう、言《い》い伝《つた》えが気《き》になってきたのには、さらに別《べつ》の理由《りゆう》もあるんじゃ。さっき言《い》うたように、言《い》い伝《つた》えによると、九十九回目《きゅうじゅうきゅうかいめ》の夜《よる》が過《す》ぎた次《つぎ》の日《ひ》に何《なに》かが起《お》こる。

そしてな、昨日《きのう》の大雪《おおゆき》の積《つ》もった夜《よる》が、おそらく九十回目《きゅうじゅっかいめ》なんじゃ。

そう、良《い》い話《はなし》か悪《わる》い話《はなし》か、いずれにしても何《なに》かが起《お》こるその日《ひ》は、いよいよ近《ちか》づいてきておるんじゃ。

いや、近《ちか》づいているどころじゃないかもしれん……。

わしは、毎日夜空《まいにちよぞら》を眺《なが》めておる。

と言《い》うてものう、赤《あか》い星《ほし》が最初《さいしょ》に出《で》たその日《ひ》を、絶対《ぜったい》に見落《みお》としていないかと言《い》われたら、そこまでの自信《じしん》もない。

なにしろ、もう目《め》も注意力《ちゅういりょく》も、若《わか》い頃《ころ》とは違《ちが》うでのう。インター根《ね》っこ通信《つうしん》で、この森《もり》の他《ほか》の木《き》にも確認《かくにん》したんじゃが、それでも九十回目《きゅうじゅっかいめ》で間違《まちが》いないという断定《だんてい》はできんかった。赤《あか》い星《ほし》は、ひょっとすると、もう少《すこ》し前《まえ》から出《で》ておったかもしれん。

とすると、**少《すく》なくとも九十回目《きゅうじゅっかいめ》は過《す》ぎている**ということになる。出現《しゅつげん》してからの回数《かいすう》が、あと少《すこ》し増《ふ》える場合《ばあい》もあるかもしれんということじゃ。まあ、言《い》うても一日《いちにち》から二日《ふつか》くらい増《ふ》えるくらいじゃろうがのう。

つまりいずれにしても、言《い》い伝《つた》えにあるその日《ひ》は、もうすぐそこまで迫《せま》ってきておるんじゃ……。

まあ、こういったわけでのう、お前《まえ》さんたちに、いよいよ頼《たの》みたくなったわけじゃよ、わしの失《うしな》った記憶《きおく》の続《つづ》きの部分《ぶぶん》を探《さが》してくることをな。

よいかな、お前《まえ》さんたち。

これは決《けっ》して、失《うしな》った記憶《きおく》を、わしの個人的《こじんてき》な興味《きょうみ》のためだけに探《さぐ》るような旅《たび》ではない。
ルーミルの言《い》うように、すべての事件《じけん》あるいは、そのうちのいくつかがつながっているとすれば、この言《い》い伝《つた》えは、それらの背後《はいご》にある何《なに》かを浮《う》かび上《あ》がらせるとても重要《じゅうよう》な情報《じょうほう》になるかもしれん。

さてさて……、だいぶ、話《はなし》が長《なが》くなってしもうたな。

そう言《い》えば、バーリーの住《す》んでいるのは、確《たし》かモビーク山《やま》の南側《みなみがわ》のふもと辺《あた》りじゃったのう。
さっきから言《い》うておるが、行《い》き先《さき》は、モビーク山《やま》を越《こ》えたさらにその先《さき》、偉大《いだい》なグレーク山《ざん》のふもとじゃ。

ルーミルやフランそれにキーファは、モビーク山《やま》を越《こ》えた世界《せかい》をまだ見《み》たことがないじゃろう？

もう十分《じゅうぶん》知《し》っているとは思《おも》うが、モビーク山《やま》の尾根《おね》を越《こ》えてからは、肉食《にくしょく》の動物《どうぶつ》たちがたくさんいて、他《ほか》を襲《おそ》ってもかまわないことになっている。むろん草食《そうしょく》の動物《どうぶつ》たちもたくさんおっての、ある意味《いみ》この森《もり》より栄《さか》えとると言《い》えば栄《さか》えておるんじゃがのう……。

そしてな、道中《どうちゅう》に市場《いちば》と呼《よ》ばれる場所《ばしょ》がある。

そう、マダンバドル市場《いちば》じゃ。

あの有名《ゆうめい》なグゥルレーニ博士《はかせ》が、その市場《いちば》の中《なか》で店《みせ》を開《ひら》いて研究《けんきゅう》しとる。

お前《まえ》さんたちも、その名前《なまえ》くらいは、知《し》っておろう？

市場《いちば》に着《つ》いたら、忘《わす》れずにそのグゥルレーニ博士《はかせ》の店《みせ》に寄《よ》りなさい。

必《かなら》ずや、今回《こんかい》の冒険《ぼうけん》についての手助《てだす》けになるはずじゃ。

じゃがの、今《いま》から言《い》うことを憶《おぼ》えておいておくれ。

それはのう、その辺《あた》りでは、

『目《め》に見《み》えていることや表向《おもてむ》きに話《はな》されていることが、必《かなら》ずしも真実《しんじつ》とは限《かぎ》らない。』 ということじゃ。

ん？なんのことってかい？

まぁ、行《い》けばわかるじゃろうて。

ふぉっふぉっふぉっふぉっふぉ。

市場《いちば》を過《す》ぎてしばらくすると、モビーク山《やま》とは比較《ひかく》にならんくらい大《おお》きなグレーク山《ざん》が見《み》えてくるんじゃ。

かなり危険《きけん》な旅《たび》になるじゃろうてのう。

くれぐれも油断《ゆだん》をするでないぞ。」

オーサ爺《じい》さんは、いつも以上《いじょう》に真剣《しんけん》な話《はな》し方《かた》で、ルーミルくんたちがこれから行《い》くことになる冒険《ぼうけん》について、教《おし》えてくれました。

「分《わ》かりました、オーサ爺《じい》さん。

僕《ぼく》たち決《けっ》して、油断《ゆだん》しないように気《き》を付《つ》けます。でもどうしよう、興奮《こうふん》してドキドキしてきちゃったなぁ。」

ルーミルくんは、やっぱりまだ頭《あたま》の毛《け》が逆立《さかだ》ったまま、答《こた》えました。

「さっきも言《い》うたように、言《い》い伝《つた》えのその日《ひ》はすぐそこまで迫《せま》っておる。だから、なるべく早《はや》く出発《しゅっぱつ》してもらいたい。

ここから鍾乳洞《しょうにゅうどう》までは、大人《おとな》の足《あし》でも片道《かたみち》に、一日《いちにち》かかるでのう。

とはいうても、危険《きけん》な旅《たび》になるから、しっかり準備《じゅんび》もしてもらいたい。

今日《きょう》はそろそろ昼過《ひるす》ぎになるから、準備《じゅんび》のことも考《かんが》えて、明日《あした》の早朝《そうちょう》に出発《しゅっぱつ》するということでどうじゃ？

準備《じゅんび》についてなんじゃがの、――」

オーサ爺《じい》さんは、ルーミルくんたちの初《はじ》めての大冒険《だいぼうけん》がよほど心配《しんぱい》なのか、続《つづ》けてさまざまな旅《たび》のアドバイスを教《おし》えてくれました。

特《とく》にルーミルくん、キーファくんそしてフランちゃんは、明日《あした》までに作《つく》っておくべき、身《み》を守《まも》るための、あるとても重要《じゅうよう》なものを教《おそ》わりました。

「――おぉそれから、旅《たび》から帰《かえ》って、この森《もり》に無事《ぶじ》に戻《もど》って来《き》たらのう、わし特製《とくせい》のドングリをあげよう。

それをほれ、戸口横《とぐちよこ》に棚《たな》があるじゃろう、お前《まえ》さんたちの名前《なまえ》を一人《ひとり》ずつ書《か》かせてあげるから、そこへ、冒険《ぼうけん》の記念《きねん》として、そのドングリを並《なら》べるんじゃ。

昔《むかし》からのう、フォーランドの森《もり》の勇者《ゆうしゃ》はみんなそうやって、自分《じぶん》のドングリの数《かず》の多《おお》さを、過去《かこ》の勇者《ゆうしゃ》たちと比《くら》べたもんじゃ。」

オーサ爺《じい》さんがそう言《い》ったと同時《どうじ》に、みんなは戸口《とぐち》の棚《たな》を見《み》に行《い》きました。きいたことのある伝説《でんせつ》の勇者《ゆうしゃ》の名前《なまえ》がたくさんあり、それらの古《ふる》いドングリが並《なら》んでいます。

みんな、この部屋《へや》に来《き》て、ここでドングリを並《なら》べていったのです。中《なか》でもひときわ、ドングリが多《おお》い勇者《ゆうしゃ》がいます。

そうです、ルーミルくんのお父《とう》さん、ブレーさんです。

「ねぇ、オーサ爺《じい》さん。あと一《ひと》つだけ、話《はな》してもいいですか？　僕《ぼく》、せっかくモビーク山《やま》を越《こ》えるんだったら、ちょっと試《ため》してみたい実験《じっけん》があるんですけど……。」

ルーミルくんは、ひらめいたアイデアをオーサ爺《じい》さんに話《はな》しました。

「──なんとまぁ！　ふむふむ、そうか、そうじゃのう……。そんなこと、これまで誰《だれ》も思《おも》いつかんかったわい、なるほど、もしそうなると――」

オーサ爺《じい》さんもそのアイデアにすっかり興奮《こうふん》して、つい話《はな》しこんでしまいました。

「こりゃ、いかんのう、お前《まえ》さんたちはいろいろ準備《じゅんび》せねばいかんのに、すっかり長居《ながい》をさせてしもうたわい。

それじゃのう。

気《き》を付《つ》けるんじゃぞ。くれぐれもな。

そして、ルーミルや、みんなを頼《たの》んだぞ。」

オーサ爺《じい》さんの声《こえ》を合図《あいず》に、まるでろうそくが消《き》えたみたいに、薄《うす》かった樹皮《じゅひ》が太《ふと》くなったのか、太陽光《たいようこう》が入《はい》りにくくなり、ダルメルームの中《なか》は、急《きゅう》に暗《くら》くなりました。

どうやら、部屋《へや》を出《で》る時間《じかん》のようです。

ルーミルくんたち一行《いっこう》は、明日《あした》からの冒険《ぼうけん》に、期待《きたい》で胸《むね》をふくらませながら、この部屋《へや》を出《で》て行《い》きました。らせん状《じょう》の階段《かいだん》を通《とお》り、根《ね》っこの隙間《すきま》を抜《ぬ》けて地面《じめん》に戻《もど》ると、わいわい言《い》いながら去《さ》って行《い》きました。

彼《かれ》らがすっかり見《み》えなくなってしまってからオーサ爺《じい》さんは、「森《もり》のユウ」ことブレーさんのことを思《おも》いながら、独《ひと》り言《ごと》を言《い》いました。

「結局《けっきょく》のところ、わしは行《い》かせてしもうた……。

おぬしは、危険《きけん》な冒険《ぼうけん》を頼《たの》んだわしを責《せ》めるかのう……。

でものう、しょうがないんじゃや、ブレーよ。

どうせ遅《おそ》かれ早《はや》かれあの子《こ》は、何《なに》かの冒険《ぼうけん》に出《で》かけてしまうわい。

あの子《こ》の、まぶしいほど輝《かがや》く目《め》を見《み》りゃわかるじゃろう？

そして今回《こんかい》の冒険《ぼうけん》は、このフォーランドの森《もり》にとって、とても大事《だいじ》なことかも知《し》れんのじゃ。

冒険《ぼうけん》の内容《ないよう》だって、他《ほか》の者《もの》に頼《たの》んでも、つとまるようなもんじゃない。なにせ、あの誰《だれ》とも喋《しゃべ》らず偏屈者《へんくつもの》として有名《ゆうめい》な『希望《きぼう》の結晶《けっしょう》』と、話《はなし》をして来《こ》なきゃならんのじゃから。

勇気《ゆうき》と聡明《そうめい》さ、そして相手《あいて》の凍《い》てついた心《こころ》さえ溶《と》かすほどの優《やさ》しい心根《こころね》を兼《か》ね備《そな》えたおぬしのような者《もの》でないと、つとまらん冒険《ぼうけん》なんじゃ……。

となると、おぬしの若《わか》い頃《ころ》そっくりのルーミルに期待《きたい》してしまうのも、無理《むり》もないだろう？

おぬしも、分《わ》かってくれるじゃろうて……。」

7　マクラール登場《とうじょう》

グギュ－グギュググ－。

オーサ爺《じい》さんのところを去《さ》り、どこへ行《い》くでもなく、とりあえず森《もり》の中《なか》を歩《ある》きはじめた途端《とたん》に、ルーミルくんは、びっくりするくらい大《おお》きなおなかの音《おと》が鳴《な》ってしまいました。

「ルーミルくんは、どんなにわくわくしている時《とき》でも、食欲《しょくよく》だけは別《べつ》なのよね。ダルメルルームにいた時《とき》から、鳴《な》り始《はじ》めていたでしょう。」

フランちゃんが笑《わら》いながら、でもちょっぴり心配《しんぱい》そうに言《い》いました。

「あはは、きこえていたんだ。てっきり誰《だれ》にもきこえていないと思《おも》っていたんだけど。もうおなかが空《す》き過《す》ぎて大変《たいへん》だよ。大至急《だいしきゅう》お昼《ひる》ごはんを食《た》べようよ。ごはんを食《た》べたら、冒険《ぼうけん》のたね穴《あな》ぐらで冒険《ぼうけん》の準備《じゅんび》の話《はなし》をしようよ。」

ルーミルくんは、照《て》れた顔《かお》をしながら、みんなに提案《ていあん》しました。

「ここからだと、わたしの家《いえ》が一番《いちばん》近《ちか》くだから、みんなおいでよ。ちょうど、冒険《ぼうけん》のたね穴《あな》ぐらへの通《とお》り道《みち》だし。お家《うち》で、お母《かあ》さんと一緒《いっしょ》に、みんなの分《ぶん》のお昼《ひる》ごはん作《つく》ってあげるわ。」

とっても良《い》いことを思《おも》いついたといった表情《ひょうじょう》で、フランちゃんがルーミルくんたちに言《い》いました。

グゥーギュゴー。

まるでフランちゃんの話《はなし》におなかで答《こた》えるかのように、今度《こんど》は別《べつ》の誰《だれ》かのおなかが鳴《な》りました。

「よかったね、ルーミル。いやいや実《じつ》はおいらも、もうもたないと思《おも》っていたところなんだよ。」

とうとうおなかが鳴《な》ってしまったキーファくんが、言《い》いました。

「フランちゃん、どうもありがとう。僕《ぼく》たちもお手伝《てつだ》いしなくていいの？

だって四人分《よにんぶん》なんて大変《たいへん》じゃないか。」

ルーミルくんが心配《しんぱい》そうに言《い》います。

「いいのよいいの。

だってお母《かあ》さんもわたしもごはん作《つく》るのが大好《だいす》きなんだから。」

確《たし》かに、今《いま》までもよく、フランちゃんはルーミルくんにお弁当《べんとう》とかを作《つく》ってあげてきました。

みんなは、フランちゃんの家《いえ》に向《む》かって雪《ゆき》の中《なか》を歩《ある》き始《はじ》めました。

少《すこ》し歩《ある》き始《はじ》めた頃《ころ》でしょうか、向《む》こうから二人組《ふたりぐみ》のキツネがやって来《き》ます。

「ふん、ルーミルとその変《へん》な仲間《なかま》たちかよ。

相変《あいか》わらず、お前《まえ》たちは一緒《いっしょ》に遊《あそ》んでいるんだな。どうせくだらない遊《あそ》びなんだろう？」

体《からだ》こそ少《すこ》し小《ちい》さいですが、両耳《りょうみみ》はりんと立《た》ち、裕福《ゆうふく》さの証《あかし》であるとでも言《い》わんばかりにふさふさしているしっぽを持《も》つマクラールが、話《はな》しかけてきました。

キツネは、もともと肉食《にくしょく》だったため、モビーク山《やま》を越《こ》えた北側《きたがわ》の森《もり》に住《す》んでいました。その後《ご》、種族全員《しゅぞくぜんいん》が肉食《にくしょく》の習慣《しゅうかん》を絶《た》ち、フォーランドの森《もり》の住民《じゅうみん》として認《みと》められたため、一斉《いっせい》にモビーク山《やま》を越《こ》えて移《うつ》ってきたのでした。ただ、みんなで移住《いじゅう》してきたことから、他《ほか》の元肉食動物《もとにくしょくどうぶつ》に比《くら》べて数《かず》に勝《まさ》るため、自分《じぶん》たちこそがこの森《もり》で最《もっと》も優《すぐ》れた種族《しゅぞく》であるというおかしな発想《はっそう》をする者《もの》がたくさんでてくるようになりました。

本来《ほんらい》、元肉食動物《もとにくしょくどうぶつ》は、助《たす》け合《あ》うためにベジタブレンの会《かい》に入会《にゅうかい》しますが、キツネたちは、自分《じぶん》たちをベジタブレンと呼《よ》ぶことをせず、入会《にゅうかい》もしません。

群《む》れるのが嫌《きら》いなのかと言《い》えばそうでもなく、彼《かれ》らだけでは独自《どくじ》に集《あつ》まり、こっそりと連絡《れんらく》を取《と》り合《あ》っています。野心家《やしんか》なため、森《もり》の中《なか》でよりいっそう重要《じゅうよう》な役割《やくわり》を担《にな》うべく、常《つね》に高《たか》い地位《ちい》の座《ざ》を狙《ねら》っています。種族内《しゅぞくない》の連帯感《れんたいかん》も非常《ひじょう》に強《つよ》いようで、野望《やぼう》にむけて全員《ぜんいん》で協力《きょうりょく》しあっています。その成果《せいか》なのでしょうか、現在《げんざい》のところ、保安官《ほあんかん》に二人《ふたり》のキツネがなっています。

マクラールとその横《よこ》のマクレーネ姉弟《してい》は、キツネ界《かい》ではもっとも権力《けんりょく》のあるマク家《け》に生《う》まれており、親《おや》から「元肉食《もとにくしょく》であることを誇《ほこ》りに思《おも》え。」と常《つね》に言《い》われて育《そだ》っています。その証拠《しょうこ》に、マクラールの家《いえ》の玄関扉《げんかんとびら》にはなんと、動物《どうぶつ》の頭蓋骨《ずがいこつ》が堂々《どうどう》と飾《かざ》りとしてかけられています。

でも、この森《もり》に来《き》たキツネ全員《ぜんいん》が肉食《にくしょく》を本当《ほんとう》にやめたのかどうか、実《じつ》は定《さだ》かでなく、現《げん》にマクラールたちは深夜《しんや》に、こっそり今《いま》でも肉《にく》をむさぼるように食《た》べているという噂《うわさ》も流《なが》れています。

「なんだと、お前《まえ》のようにいつも、親《おや》や姉《ねえ》さんのすねを、いつまでもかじっているような情《なさ》けないキツネに言《い》われたくないね。

何《なに》が変《へん》な仲間《なかま》だよ。僕《ぼく》の仲間《なかま》は、この森一番《もりいちばん》の最高《さいこう》の友達《ともだち》だよ。」

ルーミルくんは、自分《じぶん》の友達《ともだち》を悪《わる》く言《い》われたことで、すっかり気分《きぶん》を害《がい》し、声《こえ》も大《おお》きくなっています。

「なんだって？　誰《だれ》がすねかじりだよ。」

マクラールもキツネにしては小《ちい》さい体《からだ》を、少《すこ》しでも大《おお》きく見《み》せるために、精一杯背伸《せいいっぱいせの》びをして、目《め》で鋭《するど》くルーミルくんを睨《にら》みつけながら、近《ちか》づいて来《き》ます。

ルーミルくんもかんかんに怒《おこ》っていて、負《ま》けじと睨《にら》み返《かえ》しています。

今《いま》すぐにでも取《と》っ組《く》み合《あ》いが始《はじ》まりそうな、緊迫《きんぱく》した空気《くうき》が流《なが》れます。

ルーミルくんのすぐ後《うし》ろでは、フランちゃんが真《ま》っ赤《か》な目《め》をして、責《せ》めるようにマクラールを見《み》ています。

「ほうっておきなさい、マクラール。わたしたちのような、この森《もり》の中《なか》で最《もっと》も優秀《ゆうしゅう》な種族《しゅぞく》であるキツネ族《ぞく》が、いちいち、こんなものたちの相手《あいて》をすることはないのよ。」

隣《となり》にいるお姉《ねえ》さんキツネのマクレーネが、ルーミルくんたち全員《ぜんいん》にわざわざきこえるように、大《おお》きな声《こえ》で嫌味《いやみ》ったらしく弟《おとうと》のマクラールに言《い》いました。

マクレーネは、ほっそりとしていて整《ととの》った顔《かお》をして、足《あし》もキツネにしては長《なが》く、すらりとふくよかなしっぽを持《も》ち、フォーランドの森《もり》では見《み》たこともないような珍《めずら》しいむらさき色《いろ》の花《はな》のイヤリングをしています。

しかし、いつも相手《あいて》を馬《ば》鹿《か》にしたような嫌《いや》らしい笑《え》みを浮《う》かべているので、マクレーネを見《み》た者《もの》はみんな、とても不快《ふかい》な気分《きぶん》になります。

「ちょっとちょっと、きこえたわよ、マクレーネ。

ずいぶん失礼《しつれい》な言《い》い草《ぐさ》ね。

なんなのよ、一体《いったい》あなた、何様《なにさま》のつもりかしら。」

普段《ふだん》は、暴力《ぼうりょく》を振《ふ》るうなんて女《おんな》の子《こ》として全然《ぜんぜん》おしゃれじゃないわと思《おも》い、か弱《よわ》い女《おんな》の子《こ》ぶっているグリズリーベアのバーリーちゃんが、我慢《がまん》できずに、ついに口《くち》を開《ひら》きました。すっかり頭《あたま》に来《き》ているようで、体中《からだじゅう》の筋肉《きんにく》がもりもりと盛《も》り上《あ》がり、ぷるぷるさせています。

まさか、そんな姿《すがた》になっているとは、バーリーちゃん本人《ほんにん》も気《き》付《づ》いていていないことでしょう。

「おっと、バーリーじゃないか。

まぁまぁ、そう怒《おこ》るなよ、お互《たが》い元肉食同士《もとにくしょくどうし》じゃないか。

しかし、バーリーもよくこんな下等《かとう》な者《もの》たちと遊《あそ》んでいられるな。

俺《おれ》たちのような、肉食《にくしょく》だけど**あえて**草食《そうしょく》を選《えら》んでいる種族《しゅぞく》こそ優《すぐ》れて
いると思《おも》わないのか？

うさぎや、そこで穴掘《あなほ》っているのはなんだ？ふん、穴堀《あなほ》りモグラか、こんな下等《かとう》な奴《やつ》らと一緒《いっしょ》にいて楽《たの》しいのか？

まぁ、グリズリーベアなんかに言《い》っても無駄《むだ》か。

おたくらグリズリーベアという種族《しゅぞく》は、筋肉質《きんにくしつ》の大《おお》きな体《からだ》の割《わり》に、おつむの方《ほう》がよろしくないからな。種族全員《しゅぞくぜんいん》が草食《そうしょく》の健康《けんこう》さに気《き》付《づ》くまでには至《いた》っていないらしく、肉食《にくしょく》をやめたのは、まだほんの一部《いちぶ》らしいじゃない

か。」

実《じつ》に嫌味《いやみ》ったらしく、マクラールが話《はな》します。

ルーミルくんは、ひどいことばかり言《い》っているマクラールたちの顔《かお》に、泥《どろ》をぶつけてやりたい気分《きぶん》になりました。

「まぁ、言《い》わせてもらえば、今《いま》のこの森自体《もりじたい》がおかしいんだよ。

ルーミルの親《おや》のブレーのことを『森《もり》のユウ』なんて言《い》って、英雄扱《えいゆうあつか》いしている奴《やつ》がいるらしいけれどさ。

一体何《いったいなに》をしたって言《い》うんだよ。俺《おれ》は、英雄《えいゆう》だなんて認《みと》めないね。

だいたいさ今《いま》どこにいるんだ、その高名《こうめい》な『森《もり》のユウさん』とやらはさ？

どこかで、とっくに死《し》んじまっているんじゃないか？

ひょっとして、うちの玄関《げんかん》にかかってるあの骸骨《がいこつ》は、ブレーなんじゃないか？

ぐっぐぐ。」

奇妙《きみょう》な笑《わら》い声《ごえ》をしながらマクラールは話《はな》し続《つづ》けました。

ルーミルくんは、友達《ともだち》のみならずお父《とう》さんまでを馬鹿《ばか》にされて、心《こころ》の底《そこ》から腹《はら》が立《た》ち、言《い》い返《かえ》そうとしたその瞬間《しゅんかん》です。

ドッカーーン！

さっきまで、後《うし》ろで我慢《がまん》していたバーリーちゃんが、俊敏《しゅんびん》に前《まえ》に飛《と》び出《だ》して、マクラールとマクレーネの二人《ふたり》に体当《たいあ》たりをしました。か弱《よわ》い素振《そぶ》りをしながらでしたが、かんかんに怒《おこ》ったグリズリーベアの体当《たいあ》たりです。キツネなどひとたまりもありません。

姉弟《してい》とも一瞬《いっしゅん》で宙《ちゅう》に舞《ま》い、なんとモミの木《き》の半分《はんぶん》くらいの高《たか》さ（！）にまで、はじき飛《と》ばされてしまいました。マクレーネは右腹《みぎばら》から思《おも》いっきり地面《じめん》に落《お》ち、マクラールに至《いた》っては顔面《がんめん》から落《お》ちてしまいました。

彼《かれ》らは、とっても痛《いた》そうで悔《くや》しそうな顔《かお》をしていますが、あまりにもはげしくはじき飛《と》ばされたことにびっくりしてしまい、苦《くる》しまぎれにもごもご言《い》いながら逃《に》げて行《い》ってしまいました。おそらく捨《す》て台詞《ぜりふ》でしょう、もっともルーミルくんたちには、まったくきき取《と》れませんでしたが。

「あら、いやだ、わたしったら、もう……。
ほんのちょっと、ふらーっと、ぶつかっただけよ、ぶつかっただけ。
マクラールたちも、自分《じぶん》からたぶん飛《と》んだのよ、きっと。
大袈裟《おおげさ》ね、あの人《ひと》たちも。飛《と》び方《かた》でほら、分《わ》かるじゃない？
嫌《いや》ねー本当《ほんとう》に。」

マクラール姉弟《してい》をあれほど見事《みごと》にはじき飛《と》ばしておいても、まだ、か弱《よわ》いと思《おも》われたいのでしょう、バーリーちゃんは必死《ひっし》で弁解《べんかい》をしています。

仲間《なかま》のみんなは、そんなバーリーちゃんが大好《だいす》きです。

「バーリーちゃん、僕《ぼく》お礼《れい》を言《い》わないと。ありがとう。

僕《ぼく》、彼《かれ》らに本当《ほんとう》に腹《はら》が立《た》っていたんだ。居《い》ても立《た》ってもいられないほどにさ。でも、バーリーちゃんのおかげで、胸《むね》がすっとしたよ。

飛《と》ばされて落下《らっか》した時《とき》のあいつらの顔《かお》といったら。」

ルーミルくんは、笑《わら》いながらバーリーちゃんに言《い》いました。

「そうよ、バーリーちゃん、よくやったわ。本当《ほんとう》にすっとしたわ。」

目《め》を真《ま》っ赤《か》にして怒《おこ》っていたフランちゃんも、今《いま》ではすっきりした顔《かお》でバーリーちゃんに話《はな》しかけます。

「そう、ルーミルくんが喜《よろこ》んでくれたなら、それはそれで嬉《うれ》しいのよ。

もちろん、わたしも、とっても腹《はら》が立《た》っていたし。

わたし……、ルーミルくんやルーミルくんのお父《とう》さんのことを、悪《わる》く言《い》われたら、もう正気《しょうき》でいられないくらい怒《おこ》ってしまうのよ……。

でも、あれよ、くどいようだけど、はじき飛《と》ばされたんじゃないのよ、自分《じぶん》たちから、飛《と》んだのよ、彼《かれ》らは。本当《ほんとう》に嫌《いや》みな連中《れんちゅう》だわ。」

バーリーちゃんも必死《ひっし》です。

「うんうん、そうだったよね、バーリーちゃん。キーファも見《み》たろ！そうだったよね？あれ？キーファ、どこにいるの？」

ルーミルくんがそう言《い》って辺《あた》りを見渡《みわた》すと、やぶの中《なか》から何事《なにごと》もなかったように、キーファくんが出《で》て来《き》ました。

「おぅ、ルーミル、どうしたの……？そうそう、その通《とお》りさ、そう。」

さっきからみんなと一緒《いっしょ》に居《い》たかのような顔《かお》をしていますが、キーファくんは、怖《こわ》くなってやぶの中《なか》で地面《じめん》を掘《ほ》っていたのでしょう、すっかり手《て》が砂《すな》だらけです。

ルーミルくんたちは、もちろん手《て》の砂《すな》に気《き》付《づ》きましたが、見《み》ていない振《ふ》りをしました。キーファくんだって心《こころ》の中《なか》では腹《はら》を立《た》ててくれていたことを、みんな分《わ》かっているからです。

空《そら》を見《み》上《あ》げると、さっきまで森《もり》を明《あか》るく照《て》らしていた太陽《たいよう》が、雲《くも》に隠《かく》れて、また雪《ゆき》が降《ふ》り出《だ》しそうな空《そら》になっています。季節《きせつ》はまだ秋《あき》が終《お》わり冬《ふゆ》になったばかりなのですが、まるで冬《ふゆ》まっただ中《なか》のような天気《てんき》です。


グギューグボグギュー。


「なんか怒《おこ》ったら、ますます、おなかが減《へ》ってしまったよ、僕《ぼく》。」

ルーミルくんが、おなかの苦境《くきょう》を訴《うった》えました。

「それなら、わたしの家《いえ》まで急《いそ》ぐしかないわよ、ルーミルくん。」

にっこり笑《わら》って、フランちゃんが答《こた》えました。

「オーケー。それじゃ気《き》を取《と》り直《なお》して、みんなでフランちゃんの家《いえ》まで競争《きょうそう》しようよ。

いいかい？せーの、どん！」

ルーミルくんの合図《あいず》で、四人《よにん》は一斉《いっせい》にフランちゃんの家《いえ》に向《む》かって、走《はし》り始《はじ》めました。

ルーミルくんとキーファくんは、おなかが減《へ》り過《す》ぎてへろへろな分《ぶん》、全力疾走《ぜんりょくしっそう》できないようですが……。

枝《えだ》という枝《えだ》すべてでしっかりと雪《ゆき》を抱《かか》え込《こ》んでいるビーバーウッドの木々《きぎ》が集《あつ》まる森《もり》を抜《ぬ》けると、ひときわ太《ふと》い幹《みき》のナラの木《き》がありました。

ふーふー言《い》いながらも、なんとかルーミルくんが、フランちゃんの家《いえ》に到着《とうちゃく》しました。

フランちゃんは、もうとっくに到着《とうちゃく》していて、先《さき》に家《いえ》の中《なか》に入《はい》ってしまっています。二着《にちゃく》は、なんとバーリーちゃんです。

普段《ふだん》から、ダイエットのために走《はし》っている成果《せいか》でしょう。

おなかがぺこぺこでない時《とき》は、ルーミルくんがバーリーちゃんに勝《か》っているのですが、今日《きょう》はあっさりと負《ま》けてしまいました。

「ルーミルくん、相当《そうとう》おなかが空《す》いているのね、可哀想《かわいそう》に……。

フランちゃんは、一足先《ひとあしさき》にお料理《りょうり》を作《つく》るために、部屋《へや》に入《はい》ったわよ。

わたしは、あなた達《たち》が到着《とうちゃく》するまで、外《そと》で待《ま》っていることにしたのよ。

あ、キーファくんも、ようやく来《き》たみたい。」

バーリーちゃんがそう言《い》うのとほぼ同時《どうじ》に最後《さいご》の一人《ひとり》が到着《とうちゃく》しました。

「オーケー、じゃ、中《なか》に入《い》れてもらうわよ、ノックするわね。

ドンドン、こんにちは。お邪魔《じゃま》します。」

おなかが空《す》いている状態《じょうたい》に慣《な》れているのか、みんなの挨拶《あいさつ》の中《なか》でも、バーリーちゃんの声《こえ》だけが、ひときわ元気《げんき》です。


フランちゃんのお家《うち》の中《なか》に入《はい》ると、蒸《む》したドングリの美味《おい》しそうな香《かお》りが、一階《いっかい》にまで広《ひろ》がっていました。床《ゆか》には、ビーチの木《き》の黄金色《こがねいろ》の枯《か》れ葉《は》が敷《し》き詰《つ》められていて、部屋《へや》の真《ま》ん中《なか》には、セシルオークの折《お》れ枝《えだ》で作《つく》ったセンスの良《い》い大《おお》きなテーブルとイスが置《お》かれていて、その上《うえ》にはすでに、出来上《できあ》がったばかりのお昼《ひる》ごはんが並《なら》べられています。

部屋《へや》の奥《おく》にある縦穴《たてあな》はキッチンのある二階《にかい》につながっていて、上《うえ》からフランちゃんの声《こえ》がきこえてきました。

「いらっしゃい、ルーミルくんたち、うふふ、ようやく着《つ》いたのね。テーブルの上《うえ》に、作《つく》り終《お》えた順《じゅん》に、もうお昼《ひる》ごはんを置《お》いてあるわよ。今最後《いまさいご》の分《ぶん》を作《つく》っているから、ちょっと座《すわ》って待《ま》っていてね。もうすぐ、出来上《できあ》がるから。」

まったく、フランちゃんの足《あし》の早《はや》さだけには、みんないつも驚《おどろ》かされます。ルーミルくんは、体調万全《たいちょうばんぜん》の状況《じょうきょう》で全速力《ぜんそくりょく》で走《はし》っても、フランちゃんに一度《いちど》たりとも、勝《か》てたことがありません。

部屋《へや》は、幹《みき》の中《なか》にできた空洞《くうどう》を利用《りよう》して、その入口《いりぐち》に薄《うす》い木《き》の皮《かわ》をはめて作《つく》られているため、奥《おく》までほんのりと明《あか》るく、そして暖《あたた》かく、とても居心地《いごこち》の良《い》い部屋《へや》です。

「さぁ、みんな、出来《でき》たわよ。」

二階《にかい》からフランちゃんのお母《かあ》さんマレマおばさんが、降《お》りてきました。

フランちゃんも、最後《さいご》の一皿《ひとさら》を持《も》って降《お》りてきました。
「こんにちは、マレマおばさん。お邪魔《じゃま》しています。
今日《きょう》は、お昼《ひる》ごはんを御馳走《ごちそう》になります。」
みんなそれぞれ、おばさんに改《あらた》めて挨拶《あいさつ》をして席《せき》につきました。
テーブルの上には、たくさんの熟《じゅく》したドングリを蒸《む》して中身《なかみ》を取《と》り出《だ》し
グースベリーをつぶしたものと混《ま》ぜた、美味《おい》しそうなお昼《ひる》ごはんが、それ
ぞれのお皿《さら》に盛《も》りつけられて置《お》かれています。
「いいえいいえ、どういたしまして。
さぁ、それじゃ、お食《た》べなさいな。特《とく》にルーミルくん！
いっぱい食《た》べるのよ。お代《か》わりもたくさんあるからね。」
マレマおばさんは、大切《たいせつ》な友達《ともだち》の分《ぶん》もあわせて四人分《よにんぶん》のお昼《ひる》ごはんを作《つく》
って欲《ほ》しいと急《きゅう》に頼《たの》まれても、すぐに対応《たいおう》できるほど料理好《りょうりず》きの、しっか

りしたお母《かあ》さんです。しっかりしているところと料理《りょうり》好《ず》きなところは、そのままフランちゃんに遺伝《いでん》しています。

「では、いただきまーす。」

みんな一斉《いっせい》にごはんを食《た》べ始《はじ》めました。

ルーミルくんは、お母《かあ》さんがポゴポゴ療養所《りょうようじょ》に入院《にゅういん》しているので、一人《ひとり》ぼっちでごはんを食《た》べることが多《おお》く、このようにみんなでわいわい言《い》いながら食《た》べる時《とき》がとても楽《たの》しいです。

ましてや、自分《じぶん》で作《つく》った料理《りょうり》より、はるかに美味《おい》しいごはんです。

「これ本当《ほんとう》に美味《おい》しいよ、フランちゃんも手伝《てつだ》ったんでしょ。すごいなぁ。」

ルーミルくんは、美味《おい》しさに感動《かんどう》してフランちゃんに言《い》いました。

フランちゃんはもちろん、ほくほく嬉《うれ》しい顔《かお》をしています。

フランちゃんのお母《かあ》さんのマレマおばさんは、一人《ひとり》ぼっちで暮《く》らしているルーミルくんの健康《けんこう》を気《き》づかって、よく晩《ばん》ごはんに誘《さそ》ってくれます。

蒸《む》したドングリは、そのままで食《た》べるのとはまた違《ちが》い、素材《そざい》の甘《あま》みが出《で》て、甘酸《あまず》っぱいグースベリーの酸味《さんみ》とほどよく調和《ちょうわ》し、口《くち》に入《い》れた途端《とたん》、とても幸《しあわ》せな気分《きぶん》になります。

普段《ふだん》はダイエットを意識《いしき》して少食《しょうしょく》なバーリーちゃんも、さすがにこの美味《おい》しさには耐《た》えきれず、ついつい全部《ぜんぶ》食《た》べてしまいそうな勢《いきお》いです。

食後《しょくご》はマレマおばさんが、干《ほ》したキイチゴの実《み》で作《つく》ったお茶《ちゃ》をいれてくれました。フランちゃんは、お母《かあ》さんに明日《あした》から冒険《ぼうけん》に出《で》かけることを伝《つた》えました。冒険《ぼうけん》といっても、決《けっ》して危険《きけん》なものではなく、二日《ふつか》か三日《みっか》くらい、この森《もり》の安全《あんぜん》な場所《ばしょ》でキャンプをしてくるだけだと、フランちゃんは説明《せつめい》しました。

本当《ほんとう》は、さっきダルメルームでオーサ爺《じい》さんに教《おし》えられた「希望《きぼう》の結晶《けっしょう》」に会《あ》いに、モビーク山《やま》を生《う》まれて初《はじ》めて越《こ》える大冒険《だいぼうけん》をするのです。しかし、フォーランドの森《もり》の外《そと》へ行《い》くことになるので、肉食動物《にくしょくどうぶつ》もたくさんいて危険《きけん》なため、お母《かあ》さんを心配《しんぱい》させないよう、フランちゃんは嘘《うそ》をついたのでした。

この冒険《ぼうけん》は、大好《だいす》きな森《もり》に迫《せま》りくる何《なに》かを明《あき》らかにする、そんな重要《じゅうよう》な旅《たび》になりそうです。フランちゃんも、ダルメルームでオーサ爺《じい》さんから直接頼《ちょくせつたの》まれたことで使命感《しめいかん》を感《かん》じ、なんとしてでもこの冒険《ぼうけん》に参加《さんか》したいと思《おも》うようになっています。普段《ふだん》は絶対《ぜったい》に嘘《うそ》をついたりしないのですが、しょうがなくついた嘘《うそ》でした。

「お母《かあ》さん、ごめんなさい。」

フランちゃんは、嘘《うそ》をついたまま旅《たび》に出《で》ることがつらくて、心《こころ》の中《なか》でお母《かあ》さんにこっそりと謝《あやま》りました。

「あら、そうなの。それじゃ、たくさんの乾燥食材《かんそうしょくざい》を持《も》って行《い》きなさいね。ルーミルくんは、今一人暮《いまひとりぐ》らしだから、食材《しょくざい》の準備《じゅんび》が大変《たいへん》でしょう？

そうだわ！

もし良《よ》かったら、おばさんに、ルーミルくんの分《ぶん》の食材《しょくざい》も用意《ようい》させてくださる？ちょっと、待《ま》っててね。」

マレマおばさんは、ルーミルくんの返事《へんじ》もきかずに、部屋《へや》の奥《おく》の縦穴《たてあな》を上《のぼ》り、あっという間《ま》に二階《にかい》へ行《い》ってしまいました。

「おばさん、僕《ぼく》も旅《たび》の食材《しょくざい》なら少《すこ》しだけですがありますから、大丈夫《だいじょうぶ》です。」

ルーミルくんは、本当《ほんとう》は家《いえ》に旅《たび》の食材《しょくざい》なんてまったくと言《い》っていいほどないのですが、お世話《せわ》になってばかりでは申《もう》し訳《わけ》ないと思《おも》い、二階《にかい》にまできこえるよう大声《おおごえ》で言《い》いました。

「あら、遠慮《えんりょ》なんてしなくていいのよ。」

おばさんは、どうやら食材《しょくざい》を保管《ほかん》している三階《さんがい》にまで行《い》っているようで、とても遠《とお》くから声《こえ》がきこえてきます。

「ねえ、いいじゃない。

お母《かあ》さん、ルーミルくんのこと、いつも気《き》にしているのよ。

世話《せわ》するのが大好《だいす》きなのよ、お母《かあ》さんは。

わたしだって、もちろん気《き》になるし、是非《ぜひ》使《つか》って欲《ほ》しいわ。」

フランちゃんがにっこりと、ルーミルくんに言《い》いました。

「……そうだったんだ。僕《ぼく》、知《し》らなかったよ……。

気《き》を使《つか》ってくれて、いつもありがとう。うん、分《わ》かったよ。

それじゃ、大切《たいせつ》に使《つか》わせてもらうね、どうもありがとう。」
ルーミルくんは、マレマおばさんの好意《こうい》に嬉《うれ》しくなると同時《どうじ》に、フラン
ちゃんがいつも気《き》にしてくれていることに照《て》れてしまいました。
「あら、ルーミルくんの健康《けんこう》を気《き》にしているのは、何《なに》もフランちゃんだ
けじゃないわよ。わたしの家《いえ》も、いつも気《き》にしてるのよ。」
バーリーちゃんは、ダイエット中《ちゅう》にもかかわらず、美味《おい》しくてついつい
おかわりしてしまった自分《じぶん》に反省《はんせい》していたところだったのですが、フラン
ちゃんの話《はなし》をきいて、あわてて会話《かいわ》に入《はい》ってきました。
「ただいまー、お母《かあ》さん。あら、フラン。帰《かえ》ってたのね。
ルーミルくん！キーファくんとバーリーちゃんもいらしているのね。
こんにちは。」
フランちゃんのお姉《ねえ》さんフマフラちゃんが、帰《かえ》ってきました。

「こんにちは、お邪魔《じゃま》しています。」

ルーミルくんたちも挨拶《あいさつ》しました。

「お帰《かえ》りなさい。ねえ、明日《あした》からわたし、ルーミルくんたちとキャンプに行《い》ってくるわ。二《に》、三日《さんにち》くらいで帰《かえ》ってくると思《おも》うの。お母《かあ》さんには、安全《あんぜん》な旅《たび》って言《い》ってあるの……。でもね、実《じつ》はモビーク山《やま》を越《こ》えて、フォーランドの森《もり》の外《そと》へ出《で》るのよ。だから、もし何《なに》かあったら、うまく話《はなし》のつじつまを合《あ》わせておいて欲《ほ》しいのよ。」

フランちゃんが、上《うえ》の階《かい》にまできこえないように、小《ちい》さな声《こえ》でフマフラちゃんに話《はな》しています。

フマフラちゃんは、フランちゃんより少《すこ》し体《からだ》は大《おお》きいのですが、顔《かお》だちはフランちゃんの方《ほう》が整《ととの》っています。

「そうなの……、うーん……。

事情《じじょう》はなんとなく分《わ》かったけれど、あなたたち、気《き》を付《つ》けてね。お母《かあ》さんの件《けん》は任《まか》せておいて。**そのかわり、**帰《かえ》って来《き》たら、どんな面白《おもしろ》いことがあったのか、たっぷり教《おし》えてもらうわよ。」

はじめこそ、フォーランドの森《もり》を出《で》るときいて、ぎょっとした顔《かお》をしていたのですが、興味《きょうみ》がでてきたのでしょうか、フマフラちゃんは、みんなにウィンクをして小《ちい》さな声《こえ》で答《こた》えました。

「ほーら、ルーミルくん、旅《たび》のための食材《しょくざい》が揃《そろ》ったわよ。」

大《おお》きな袋《ふくろ》を持《も》って、上《うえ》の階《かい》からマレマおばさんが降《お》りてきました。

袋《ふくろ》の中《なか》には、ドングリの中身《なかみ》を取《と》り出《だ》して粉状《こなじょう》にしたものや、干《ほ》したベリー各種《かくしゅ》、それからドングリの粉《こな》で作《つく》った乾燥《かんそう》パンが、入《はい》っていました。

どれもこれも、マレマおばさんがフランちゃんと一緒《いっしょ》に作《つく》ったもので、とても美味《おい》しそうです。

「どうもありがとうございます、マレマおばさん。本当《ほんとう》に美味《おい》しそうで、食《た》べるのが楽《たの》しみだなぁ。大切《たいせつ》に使《つか》わせていただきます。」

ルーミルくんは、もらった袋《ふくろ》の中《なか》の食材《しょくざい》を一《ひと》つ一《ひと》つ見《み》つめながら、満面《まんめん》の笑顔《えがお》でお礼《れい》を言《い》いました。

「いえいえ、いいのよ。また旅《たび》の帰《かえ》りに寄《よ》ってちょうだいね。晩《ばん》ごはんでも一緒《いっしょ》に食《た》べながら、旅《たび》のお話《はなし》をききたいから。」

マレマおばさんは、ルーミルくんのお母《かあ》さんであるマーブレンさんの容態《ようだい》について、ききません。マーブレンさんとは年《とし》もほぼ同《おな》じで、昔《むかし》からの親友同士《しんゆうどうし》です。だからもちろん、マーブレンさんの容態《ようだい》は、とっても気《き》になります。

でも、あえてルーミルくんにきかないのです。

実《じつ》のところ、マレマおばさんは、マーブレンさんの顔《かお》が見《み》たいので、療養《りょうよう》しているポゴポゴ療養所《りょうようじょ》へ、しょっちゅうお見舞《みま》いに行《い》っています。

だから、マーブレンさんの容態《ようだい》の最新情報《さいしんじょうほう》も十分《じゅうぶん》知《し》っているのです。

あえてきかないのは、根掘《ねほ》り葉掘《はほ》りきいて、ルーミルくんの、お母《かあ》さんを心配《しんぱい》する気持《きも》ちをむやみに刺激《しげき》したくないからです。

「さぁてと、それじゃそろそろ、冒険《ぼうけん》のたね穴《あな》ぐらに行《い》く時間《じかん》ね。」

フランちゃんがそう言《い》うと、みんなは名残惜《なごりお》しそうにコップをテーブルに戻《もど》しながら、おばさんにごはんとお茶《ちゃ》のお礼《れい》を言《い》って、戸口《とぐち》に向《む》かいました。

「いいわね、ルーミルくん！

必《かなら》ず安全《あんぜん》に旅《たび》をするのよ。

そして帰《かえ》ってきたら、また一緒《いっしょ》に美味《おい》しいごはんを食《た》べましょうね。」

マレマおばさんは、戸口《とぐち》から出《で》て行《い》くルーミルくんに、にっこり笑《わら》って言《い》いました。マレマおばさんの後《うし》ろでは、フマフラちゃんが、みんなにウインクをして手《て》を振《ふ》りました。まるで、しっかりとつじつまを合《あ》わせておいてあげるから、楽《たの》しい冒険談《ぼうけんだん》を期待《きたい》しているわよとでも言《い》わんばかりでした。

砂《すな》だけ川《がわ》に着《つ》き、モミジヅタで張《は》ったツルをつたって空中川渡《くうちゅうかわわた》りをして、冒険《ぼうけん》のたね穴《あな》ぐらに入《はい》った一行《いっこう》は、それぞれ好《す》きな場所《ばしょ》に座《すわ》りました。セコイアの木《き》ダールさんの、幹《みき》にある穴《あな》を使《つか》わせてもらっているルーミルくんたちは、居心地《いごこち》が良《い》いように、その中《なか》に葉《は》っぱをたくさん敷《し》き詰《つ》めています。

今日《きょう》初《はじ》めて入《はい》らせてもらったオーサ爺《じい》さんのダルメルームや、フランちゃんのお家《うち》ほどは広《ひろ》くないですが、それでも、彼《かれ》ら四人《よにん》が中《なか》で話《はな》し合《あ》うには十分《じゅうぶん》の広《ひろ》さがあります。

ダールさんは、長《なが》い間《あいだ》、砂《すな》だけ川《がわ》の中《なか》で一人《ひとり》ぼっちで、誰《だれ》とも根《ね》っこでつながり合《あ》えていませんでしたが、ルーミルくんたちによって、思《おも》わぬ方法《ほうほう》で川岸《かわぎし》のモミの木《き》とつないでもらえたのでした。

よっぽど、嬉《うれ》しかったのでしょう、その日以降《ひいこう》、ダールさんは、インター根《ね》っこ回線《かいせん》にずっと入《はい》りっぱなしです。まるで、つながっている木全員《きぜんいん》と話《はな》すつもりかのような勢《いきお》いで、毎日《まいにち》、必《かなら》ず誰《だれ》かと通信《つうしん》しています。

その熱心《ねっしん》さは驚《おどろ》くほどで、通常《つうじょう》、木《き》が他《ほか》の木《き》と通信《つうしん》している時《とき》、サワサワサワ、サワサワサワサワと葉《は》や枝《えだ》が細《こま》かく振動《しんどう》しますが、ダールさんはつながった日以降《ひいこう》、一瞬《いっしゅん》たりとも、その振動《しんどう》が止《と》まったことがありません。

もちろん今日《きょう》もダールさんの枝《えだ》は、小《ちい》さくですがサワサワサワサワ、サワサワとざわめいています。

「こんにちは！ダールさん、今日《きょう》もインター根《ね》っこ通信《つうしん》ですね？
毎日毎日《まいにちまいにち》、精《せい》が出《で》ますね。」
ルーミルくんが、穴《あな》の天井《てんじょう》に向《む》かって話《はな》しかけました。
「やぁやぁ、おちびさんたち、こんにちは。
はっはっは、お恥《は》ずかしい。でもね、止《や》められないんだ……。
だって素晴《すば》らしいことだよ、いろんな場所《ばしょ》の木々《きぎ》と通信《つうしん》しあえるなんて。
もう僕《ぼく》は、この森《もり》で、一人《ひとり》ぼっちじゃないんだよ！
ありがとよ、うわっはっはっは。」
ダールさんのひときわ大《おお》きな笑《わら》い声《ごえ》が、穴《あな》ぐら内《ない》に響《ひび》き渡《わた》りました。

その笑《わら》い声《ごえ》は、とても暖《あたた》かいのですが、セコイアという木《き》の木質《もくしつ》からなのか分《わ》かりませんが、なぜか少《すこ》しもの悲《がな》しい響《ひび》きでした。

「てへへ。」

ルーミルくんとキーファくんは、お互《たが》いの目《め》で、自分《じぶん》たちのアイデアの健闘《けんとう》をたたえ合《あ》いました。

「ねえ、みんな、オーサ爺《じい》さんから頼《たの》まれた冒険《ぼうけん》について、どう思《おも》った？あの場所《ばしょ》では、とっても興奮《こうふん》してしまって、やりたいと答《こた》えてしまったけれど、みんな同《おな》じ意見《いけん》なんだよね？」

ルーミルくんが、みんなにききました。

「もっちろんよ、わたしはお父《とう》さんに連《つ》れられて、モビーク山《やま》を越《こ》えて北側《きたがわ》の市場《いちば》に何度《なんど》か行《い》ったことがあるわ。

でもそこから先《さき》へは、まだ行《い》ったことがないの。『希望《きぼう》の結晶《けっしょう》』なんて、噂《うわさ》でもきいたことがなかった……。オーサ爺《じい》さんの次《つぎ》くらいに年《とし》をとっている木《き》なんて、会《あ》うのが楽《たの》しみだわ。」

バーリーちゃんが答《こた》えます。

「でもすごいのね、バーリーちゃん。わたしはまだ、モビーク山《やま》を越《こ》えたことなんて一度《いちど》もないわ。フォーランドの森《もり》を出《で》るのは、やっぱり怖《こわ》いわ。もちろん……、旅《たび》に参加《さんか》はするわよ。参加《さんか》するけど……、そうね、新《あたら》しい世界《せかい》への興味《きょうみ》と恐怖《きょうふ》が、今《いま》は心《こころ》の中《なか》で半分半分《はんぶんはんぶん》というところね。」

フランちゃんが、正直《しょうじき》な気持《きも》ちを話《はな》しました。

「そうだね、新《あたら》しいことへの挑戦《ちょうせん》には、そういった気分《きぶん》がつきものなんだと思《おも》うよ。

いつもお母《かあ》さんが言《い》っているよ。

『大切《たいせつ》なのは、怖《こわ》さを忘《わす》れないこと』って。だから、フランちゃんの今《いま》の気分《きぶん》は、すごく正《ただ》しいことなんだと思《おも》うな。

え？僕《ぼく》？

も、もちろん、ちょっとは怖《こわ》いよ。でも、やっぱり興味《きょうみ》の方《ほう》が強《つよ》くて困《こま》っちゃってるけどね。てへへ。

お母《かあ》さんの言《い》ったことを忘《わす》れないようにしないと。」

ルーミルくんが、頭《あたま》をかきながら答《こた》えました。

「まったくもって、ルーミルらしいよ。

もちろん、おいらも楽《たの》しみでしかたがないけどね。」

笑《わら》いながらキーファくんが言《い》いました。

「じゃ、みんな、冒険《ぼうけん》への参加《さんか》で良《い》いんだね？」

「もちろん！」

ルーミルくんの問《と》いかけに、みんなが一斉《いっせい》に答《こた》えました。

「オーサ爺《じい》さんの言《い》ってた**例《れい》のもの**とか、実験《じっけん》のために必要《ひつよう》な材料《ざいりょう》とか、それら以外《いがい》には、みんなは、冒険《ぼうけん》にどんなものを持《も》って行《い》くの？

……というか、どういうものを持《も》って行《い》く方《ほう》がいいのかな？

おいら、分《わ》かんないよ。」

キーファくんが、みんなにききました。

「どうだろうね……、僕《ぼく》も初《はじ》めてだから、よく分《わ》からないけど、お父《とう》さんのリュックは、いつもすごくコンパクトにまとまっていて、本当《ほんとう》に必要《ひつよう》なものしか入《はい》っていなかったとお母《かあ》さんは言《い》っているけどなぁ。

僕《ぼく》は、他《ほか》に持《も》って行《い》くものとしたら、マレマおばさんにもらった食材《しょくざい》くらいかな。てへへ。」

「わたしたち、明日《あす》の朝《あさ》は、いつ、どこで集《あつ》まったらいいかしら？」

フランちゃんがききました。

「モビーク山《やま》のふもとにあるバーリーちゃんの家《いえ》の前《まえ》で、朝一番《あさいちばん》に集合《しゅうごう》ってのはだめかな？バーリーちゃんはどうかな？困《こま》るかな？」

ルーミルくんがききました。

「あらそれじゃ、わたしは明日《あす》の朝《あさ》、一番遅《いちばんおそ》くまで眠《ねむ》ることができるのね。ラッキーだわ。全然困《ぜんぜんこま》らないわよ、じゃ、それで決《き》まりね。」

バーリーちゃんが答《こた》えました。

「そう言《い》えば、ルーミルくん。どうして、昨夜起《さくやお》きた事件《じけん》が、すべて何《なん》らかの形《かたち》でつながっているなんて考《かんが》えたの？」

フランちゃんが、不思議《ふしぎ》そうにききます。

「うーん、どうしてだろう。僕《ぼく》も、自分《じぶん》でどうしてって、うまく説明《せつめい》できないんだけれど……。

そうだなぁ……、僕《ぼく》たちさ、今年《ことし》の夏《なつ》からずっと、この冒険《ぼうけん》のたね穴《あな》ぐらに集《あつ》まって、いろんな冒険《ぼうけん》がしたくて、冒険《ぼうけん》につながるような事件《じけん》ーそう、冒険《ぼうけん》のたねーを、さんざん探《さが》してきたよね？奇妙《きみょう》な事件《じけん》が起《お》きていないか、目《め》を光《ひか》らせてさ。

でも、みんなも知《し》っているように、そんな事件《じけん》は、まったく一《ひと》つも起《お》きなかったんだ、たったの一《ひと》つもだよ！昨夜《さくや》まではね……。

それなのに、昨夜《さくや》になって、急《きゅう》にこのフォーランドの森《もり》の中《なか》で、**おばけモミの木《き》**だったり、早《はや》い時期《じき》の雪《ゆき》だったりといった奇妙《きみょう》な事件《じけん》が、立《た》て続《つづ》けに起《お》きたんだよ。

こんなに同時《どうじ》に起《お》こったのに、偶然《ぐうぜん》と片付《かたづ》けてしまうのは、変《へん》な気《き》がしたからだろうね。」

「なるほどね――。」

ようやくルーミルくんの考《かんが》えが少《すこ》しだけ理解《りかい》できたわというような顔《かお》をして、バーリーちゃんが言《い》いました。

穴《あな》ぐらの入《い》り口《ぐち》は、ちょうど北側《きたがわ》にあるので、その穴《あな》からは、明日《あした》越《こ》えることになるモビーク山《やま》が見《み》えます。そのモビーク山《やま》を眺《なが》めていると、みんなそれぞれ、明日《あした》からの旅《たび》を思《おも》って緊張《きんちょう》し始《はじ》めたのでしょうか、いつになく口数《くちかず》が少《すく》なくなりました。

ルーミルくんたちは、今年《ことし》の夏《なつ》から、フォーランドの森《もり》の中《なか》での小《ちい》さな旅《たび》をいろいろと計画《けいかく》していたのですが、結局《けっきょく》のところ、一《ひと》つの予定《よてい》も実行《じっこう》できていませんでした。みんなそろっての、初《はじ》めての旅《たび》が、いきなり危険《きけん》が多《おお》そうなフォーランドの森《もり》の外《そと》へのものとなりました。

黙《だま》っていると、仲間《なかま》たちの間《あいだ》に、さらにどんよりとした重《おも》い空気《くうき》が流《なが》れ始《はじ》めました。

そこで、ルーミルくんの提案《ていあん》で、今日《きょう》はもう、それぞれ家《いえ》に帰《かえ》って、明日《あした》からの旅《たび》の準備《じゅんび》などをすることになりました。

「ダールさん、明日《あした》から、僕《ぼく》たち、ちょっと旅《たび》に行《い》ってくるよ。モビーク山《やま》を越《こ》えて北《きた》の方《ほう》にね。」

穴《あな》ぐらから出《で》る時《とき》、ルーミルくんが、一言《ひとこと》ダールさんに伝《つた》えました。

家《いえ》に戻《もど》ったルーミルくんは、さっそく明日《あした》からの旅《たび》の準備《じゅんび》を始《はじ》めました。

ルーミルくんは、なにやら、せっせと仮面《かめん》らしきものを作《つく》っています。

どうやら、オーサ爺《じい》さんから教《おし》えてもらった**例《れい》のもの**とは、これのようです。

「ふ――、うまくできたかな？　あんまり自信《じしん》ないな……。」

仮面《かめん》を作《つく》り終《お》えると、その他《ほか》の準備《じゅんび》にとりかかりました。

でも準備《じゅんび》と言《い》っても、冒険《ぼうけん》のたね穴《あな》ぐらでみんなに言《い》ったように、やることは、あまりありません。だって旅《たび》の食材《しょくざい》は、マレマおばさんからもらって、もう既《すで》にそろっているわけですから。

部屋《へや》の一番《いちばん》すみっこにあるオークの木《き》で作《つく》ったタンスから、お目当《めあ》てのリュックを取《と》り出《だ》して、もらった食材《しょくざい》をつめました。

実際《じっさい》やってみると、予想以上《よそういじょう》に早《はや》く準備《じゅんび》が終《お》わってしまいました。

ルーミルくんは、明日《あした》からの旅《たび》に備《そな》えて早《はや》めに寝《ね》るために、少《すこ》し早《はや》い気《き》もしますが、晩《ばん》ごはんにしました。

バターナットという木《き》がつける甘《あま》い木《き》の実《み》と、キイチゴを食《た》べました。

食《た》べている時《とき》も、明日《あした》から始《はじ》まる冒険《ぼうけん》のことで頭《あたま》がいっぱいです。

食《た》べ終《お》わると、ルーミルくんは、コルクガシの木《き》の皮《かわ》で作《つく》ったベッドの上《うえ》に横《よこ》になりました。

「ねぇ、バルバおばさん。

僕《ぼく》、明日《あした》から二《に》、三日《さんにち》、ちょっと冒険《ぼうけん》に行《い》ってこようと思《おも》うんだ。」

ルーミルくんは、天井《てんじょう》に向《む》かって話《はな》しかけました。

「ふふふ、そうらしいね。

さっきオーサ爺《じい》さんからインター根《ね》っこ通信《つうしん》が来《き》たよ。

あんまり詳《くわ》しいことは知《し》らないけれど、この森《もり》のための重要《じゅうよう》な任務《にんむ》らしいね。でもね、無理《むり》するんじゃないよ。

この森《もり》のためってのも、そりゃまぁ素晴《すば》らしいことではあるけれど、なによりまず、自分《じぶん》の命《いのち》が大切《たいせつ》なんだからね。危《あぶ》ないって思《おも》ったら、任務《にんむ》のことなんて忘《わす》れて、さっさと帰《かえ》ってくるんだよ、ルーミルや。

誰《だれ》も、そのことでお前《まえ》さんを責《せ》めたりせん。

そうだとも、責《せ》めたりするもんか、わたしの大切《たいせつ》なルーミルや。

お前《まえ》さんのお父《とう》さんは、そりゃ、たいそう素晴《すば》らしい冒険家《ぼうけんか》でもあったけれど、最初《さいしょ》の冒険《ぼうけん》は今《いま》のお前《まえ》さんより、もう少《すこ》し年上《としうえ》だった記憶《きおく》があるのう……。

……それで、お母《かあ》さんにはもう伝《つた》えたのかい？」

しわがれた声《こえ》ですが、ルーミルくんはバルバおばさんの声《こえ》が大好《だいす》きです。

「ううん……、それがね、実《じつ》は、まだ話《はな》してないんだ。

もう遅《おそ》いし、変《へん》に連絡《れんらく》して、気《き》にしたら、お母《かあ》さんの体《からだ》に良《よ》くないだろうし……。」

ルーミルくんは、本当《ほんとう》は旅立《たびだ》ちの前《まえ》に、お母《かあ》さんの声《こえ》を一声《ひとこえ》でもいいからきいておきたいと思《おも》っています。今日《きょう》フランちゃんの家《いえ》で、マレマおばさんとフランちゃんの会話《かいわ》を見《み》ていて、心《こころ》の中《なか》で、すごくお母《かあ》さんが恋《こい》しくなっていました。今《いま》すぐにでも、ポゴポゴ療養所《りょうようじょ》に飛《と》んで行《い》きたい気分《きぶん》です。

……でも明日《あした》からの冒険《ぼうけん》のことを考《かんが》えると、病気《びょうき》で療養中《りょうようちゅう》のお母《かあ》さんに、心配《しんぱい》をかけたくないという気《き》持《も》ちが湧《わ》いてきます。お母《かあ》さんは勘《かん》が鋭《するど》いので、どんなに安全《あんぜん》な旅《たび》だと言《い》っても、きっとすぐに見抜《みぬ》いてしまうに違《ちが》いありません。

それだったら、いっそのこと、ルーミルくんは何《なに》も話《はな》さずに出発《しゅっぱつ》して、バルバおばさんから伝《つた》えておいてもらおうと考《かんが》えたのです。

それが一番《いちばん》、お母《かあ》さんにかける心労《しんろう》が少《すく》ないはずと考《かんが》えたのです。

「そうかい。
お前《まえ》さんなりに、いろいろ考《かんが》えた末《すえ》の結論《けつろん》なんだろうね、きっと。
お前《まえ》さんがそう言《い》うんだから。
分《わ》かったよ。それじゃ、わたしからマーブレンさんには伝《つた》えておこうね。
どう伝《つた》えて欲《ほ》しいのかい？」
バルバおばさんが優《やさ》しく問《と》いかけます。
「あのね、バルバおばさん……。申《もう》し訳《わけ》ないんだけれど、お母《かあ》さんには、
本当《ほんとう》のことを言《い》って心配《しんぱい》させたくないんだ、僕《ぼく》。
だから、なるべく心配《しんぱい》させないように伝《つた》えて欲《ほ》しいんだ……。」
ルーミルくんは、バルバおばさんに嘘《うそ》をついて欲《ほ》しいとまでは言《い》えませんでした。
「……分《わ》かったよ。お前《まえ》さんは、優《やさ》しい子《こ》だね。」

バルバおばさんは、それ以上《いじょう》、何《なに》も言《い》いませんでした。

「ありがとう。バルバおばさん。」

ルーミルくんは天井《てんじょう》に向《む》かってそう言《い》うと、まぶたを閉《と》じました。

今日《きょう》も、なんだかとても静《しず》かな夜《よる》です。外《そと》も物音《ものおと》がほとんどしません。

あまりに静《しず》かすぎて、自分《じぶん》の心臓《しんぞう》の音《おと》がきこえてきました。

「なんだい、眠《ねむ》れないのかい？さっきからごそごそ、ベッドで寝返《ねがえ》りばっかりうって。」

珍《めずら》しく、バルバおばさんの方《ほう》から、話《はな》しかけてきました。

「うん、なんだか明日《あした》のことで、すっかり興奮《こうふん》しちゃったみたい、僕《ぼく》。」

旅《たび》のことで眠《ねむ》れないのは確《たし》かですが、興奮《こうふん》していることだけが原因《げんいん》ではないような気《き》もします。

なんだか、話《はな》し足《た》りないような気分《きぶん》でもあるのです。

「じゃ、なんだね、おばさんとたまには、お話《はなし》でもするかね、え?」

バルバおばさんが話《はなし》をしようと言《い》うなんて、本当《ほんとう》に珍《めずら》しいことです。

明日雪《あしたゆき》でも降《ふ》るんじゃないでしょうか?

いえいえ、既《すで》に昨夜《さくや》、たっぷりと降《ふ》りましたね。

「お前《まえ》さんは、いつも、友達《ともだち》と冒険《ぼうけん》がしたいって言《い》っていたけれど、そもそも、どうして、そんなに冒険《ぼうけん》がしたいのじゃ?

冒険《ぼうけん》には、やっぱり危険《きけん》もあるじゃろう?

そんな危険《きけん》があっても、なお行《い》きたいのかい?冒険《ぼうけん》に。」

バルバおばさんは、質問《しつもん》とも呆《あき》れ気味《ぎみ》の感想《かんそう》とも、どちらともつかないような口調《くちょう》で、ルーミルくんにききました。

「うーーん。

そりゃ、行《い》きたいよ、冒険《ぼうけん》には。

その先《さき》にどんな危険《きけん》があったとしてもへっちゃらさ。

僕《ぼく》が冒険《ぼうけん》に行《い》きたい理由《りゆう》はね……。

…………………。

えへへ、やっぱり、お父《とう》さんかな。

お父《とう》さんのことを思《おも》うと、僕《ぼく》は無性《むしょう》に冒険《ぼうけん》へと、心《こころ》が駆《か》り立《た》てられてしまうんだ。」

眠《ねむ》る時《とき》にいつも灯《とも》している木《き》の実《み》オイルのランプの明《あ》かりが、ゆらゆらと、天井《てんじょう》をほのかに照《て》らしています。ルーミルくんは、天井《てんじょう》を眺《なが》めながら、話《はな》し続《つづ》けます。

「お父《とう》さんは、『森《もり》のユウ』として、いろんなところを冒険《ぼうけん》してきたんだよね？でも、お父《とう》さんが今《いま》どこにいるのかは、この森《もり》の誰《だれ》にも分《わ》からない……。なぜ戻《もど》ってくることができないのかも……、残念《ざんねん》だけど誰《だれ》にも分《わ》からない。なぜなら、お父《とう》さんの心《こころ》や考《かんが》えを、同《おな》じレベルで共有《きょうゆう》しあえる仲間《なかま》がほとんどいなかったからだって、オーサ爺《じい》さんが言《い》ってたんだ。

途中《とちゅう》から、ほとんど誰《だれ》もついていけなくなって、いったい何《なに》が大変《たいへん》で、そして今何《いまなに》をしなくちゃいけなくて、それで何《なに》をしに行《い》ったのか、みんな、まったく見当《けんとう》がつかないんだって……。

お父《とう》さんについていろいろ悪《わる》く言《い》う動物《どうぶつ》たちもいるけれど……、僕《ぼく》は、今《いま》でもどこかで、この森《もり》や世界《せかい》のために闘《たたか》っているんだと信《しん》じているんだ。

それなら、僕《ぼく》はお父《とう》さんの子供《こども》だから、やっぱりお父《とう》さんの手伝《てつだ》いをしたいんだ。だって、お父《とう》さんは、こう話《はな》している今《いま》もどこかで一人《ひとり》ぼっちで困《こま》っているかもしれないでしょ？

もちろん、僕《ぼく》はまだ小《ちい》さいから、お父《とう》さんが何《なに》を考《かんが》えていたのか、そして今何《いまなに》に取《と》り組《く》んでいるのかなんて、まったく分《わ》からないよ。

でもね、冒険《ぼうけん》を僕《ぼく》なりに続《つづ》けていくことで、ひょっとしたらお父《とう》さんの足跡《あしあと》を追《お》えるかもしれない……。

あとね、今日《きょう》、ふと考《かんが》えたことがあるんだ。

お父《とう》さんが訪《おとず》れた場所《ばしょ》に、僕《ぼく》も行《い》く。

そしてその場所《ばしょ》で、お父《とう》さんが見《み》て感《かん》じたものを、僕《ぼく》も見《み》てくる。

これを繰《く》り返《かえ》していくうちに、インター根《ね》っこ通信《つうしん》の根《ね》っこ同士《どうし》の結《むす》びつきみたいに、僕《ぼく》とお父《とう》さんの間《あいだ》にも、思《おも》いや心《こころ》の結《むす》びつきが生《う》まれていくかもしれない。それがお父《とう》さんを手伝《てつだ》うために、そしてお父《とう》さんに近《ちか》づくために、僕《ぼく》が今《いま》できる、たった一《ひと》つのことのような気《き》がしてるんだ。

いろんな冒険《ぼうけん》がお父《とう》さんを大《おお》きく育《そだ》てたのなら、そろそろ僕《ぼく》も、旅立《たびだ》たなきゃいけないと思《おも》うんだ。」

冒険《ぼうけん》を明日《あす》に控《ひか》えて、ルーミルくんはお父《とう》さんのことを思《おも》っていました。

「……そうだったんだね、冒険《ぼうけん》したいというお前《まえ》さんの気持《きも》ちの奥《おく》には、そんな深《ふか》い考《かんが》えがあったんだね。

ふふふ、やっぱりお前《まえ》さんは、『森《もり》のユウ』たるブレーの息子《むすこ》だよ。」

普段《ふだん》他《ほか》の動物《どうぶつ》に対《たい》しては変《か》わり者《もの》で偏屈者《へんくつもの》の木《き》として有名《ゆうめい》なバルバおばさんですが、ルーミルくんの前《まえ》では、すっかり別《べつ》の顔《かお》をのぞかせます。

「ブレーが最初《さいしょ》に冒険《ぼうけん》した日《ひ》は、いつだったかな。

あれは、確《たし》かお前《まえ》さんより、もう少《すこ》し大《おお》きくなったある夏《なつ》の日《ひ》だったはずじゃ……。お母《かあ》さんから、きいたことあるかね？」

「ううん。そういや、お父《とう》さんの初《はじ》めての冒険《ぼうけん》のことなんて、きいたことなかったなぁ。」

「ふふふ、あれはのう、……いや、今日《きょう》はやめておこう。ちょっと長《なが》い話《はなし》になるんじゃわ。まぁ、冒険《ぼうけん》からお前《まえ》さんが帰《かえ》って来《き》たご褒美《ほうび》に教《おし》えてやろう。今日《きょう》はもう、さすがに、そろそろ寝《ね》た方《ほう》が良《い》いじゃろう。明日《あした》は、お父《とう》さんの銀色《ぎんいろ》の首飾《くびかざ》りも持《も》って行《い》くんじゃな？」

「え？ううん。どうして？そんなつもりじゃなかったけど。」

ルーミルくんは、急《きゅう》に首飾《くびかざ》りの話《はなし》が出《で》て来《き》てびっくりしました。あの首飾《くびかざ》りは、とても大切《たいせつ》なものだとお母《かあ》さんからきいていたので、いつも部屋《へや》のスタンドにかけてあります。

「そうか、まだ何《なに》もきいておらんのか。お母《かあ》さんも、まさかお前《まえ》さんがその年《とし》で冒険《ぼうけん》に出《で》かけるとは思《おも》うておらんから、教《おし》えておらんかったのじゃな。

お前《まえ》さんは、直接《ちょくせつ》、お母《かあ》さんに、旅《たび》の出発《しゅっぱつ》の連絡《れんらく》もせんと言《い》うし……。

ふーむ、どうやら、わたしが、首飾《くびかざ》りのことを教《おし》えるべき役回《やくまわ》りのようじゃわ……。

あれは、お前《まえ》さんのために、ブレーが作《つく》ったもんなんじゃよ。ブレーがのう、フォーランドの森《もり》からいなくなってしもうた最後《さいご》の旅《たび》──むろん帰《かえ》ってくると信《しん》じとる──に行《い》く前《まえ》に、お前《まえ》さんを守《まも》るものとして、どこぞの精霊《せいれい》かなんかから、もらった偉《えら》い石《いし》を使《つか》って作《つく》ったもんじゃぞ。どんな効能《こうのう》があるのか細《こま》かなことまでは、ブレーは語《かた》らんかったから知《し》らんけれど、冒険《ぼうけん》に行《い》くんなら、肌身離《はだみはな》さず持《も》って行《い》くべきもののはずじゃ。」

夜《よる》も遅《おそ》くなってきたようで、バルバおばさんも、すっかり眠《ねむ》くなってきたようです。

ルーミルくんは、今《いま》までずっとお父《とう》さんの大切《たいせつ》なものと思《おも》って見《み》ていた首飾《くびかざ》りが、実《じつ》は僕《ぼく》のために作《つく》ってくれたものだったときいて、嬉《うれ》しくてベッドから跳《は》ね起《お》きて、首飾《くびかざ》りを手《て》に取《と》り、しばらく眺《なが》めていました。

フォーランドの森《もり》の中《なか》では他《ほか》に見《み》たこともないような不思議《ふしぎ》な石《いし》で、銀色《ぎんいろ》に輝《かがや》いていています。

そしてその石《いし》には——たぶんお父《とう》さんがあけてくれたのでしょう——紐《ひも》を通《とお》すための穴《あな》が開《あ》けられています。石《いし》の表面《ひょうめん》には——これはお父《とう》さんが掘《ほ》ったのか分《わ》かりませんが——見《み》たこともない文字《もじ》のようなものが書《か》かれています。

これと似《に》たようなものをどこかで見《み》た気《き》もしますが、思《おも》い出《だ》せません。

ルーミルくんは、山草《さんそう》を編《あ》みこんで作《つく》られた紐《ひも》に首《くび》を通《とお》して、かけてみました。お父《とう》さんが、僕《ぼく》のためにこんな素敵《すてき》な首飾《くびかざ》りを作《つく》ってくれていたなんて——そう思《おも》うと、とても嬉《うれ》しくなりました。

正直《しょうじき》に告白《こくはく》すると、一度《いちど》だけこっそり、かけてみたことがあります。

その時《とき》は借《か》り物《もの》という思《おも》いが強《つよ》かったためか、まったく、しっくりこなかったのですが、今《いま》は驚《おどろ》くほど首《くび》になじんでいるような気《き》がするから不思議《ふしぎ》です。

ふぁーは。

ルーミルくんは、さすがに眠《ねむ》たくなったようで、とても大《おお》きなあくびをしました。

「もうそろそろ寝《ね》るね、おやすみなさい、バルバおばさん。」

ルーミルくんはそう言《い》うと、かけていた首飾《くびかざ》りを、丁寧《ていねい》にスタンドに戻《もど》して、ベッドに横《よこ》たわり目《め》を閉《と》じました。

「あぁ、おやすみ。ゆっくり休《やす》むんだよ。」

天井《てんじょう》から響《ひび》くしわがれたその声《こえ》は、まるで空《そら》から降《ふ》る粉雪《こなゆき》のように、ゆっくりと優《やさ》しく、ルーミルくんを包《つつ》み込《こ》みました。

相変《あいか》わらず外《そと》は、物音《ものおと》ひとつしない静《しず》かな夜《よる》です。

心《こころ》の中《なか》にわずかにあった冒険《ぼうけん》に対《たい》する胸騒《むなさわ》ぎのような不安《ふあん》な気持《きも》ちを、バルバおばさんの優《やさ》しさと、お父《とう》さんが作《つく》ってくれた銀色《ぎんいろ》の首飾《くびかざ》りが、見事《みごと》に拭《ぬぐ》い去《さ》ってくれたようです。

とても穏《おだ》やかな気持《きも》ちに包《つつ》まれて、ようやくルーミルくんは眠《ねむ》りにつきました。

中巻につづく

ルーミルと希望の結晶　上巻

著　者　　リーフ・ブラウン

発行人　　加　村　憲　造

発行所　　株式会社 奨　学　社

大阪市中央区本町３－５－５

〒541-0053